Des étoiles jumelles
de Marie Gagnon
est le sept cent soixante et unième ouvrage
publié chez
VLB ÉDITEUR.

La collection « Roman »
est dirigée par Jean-Yves Soucy.

VLB éditeur bénéficie du soutien de la Société de développement des entreprises culturelles du Québec (SODEC) pour son programme d'édition.

Gouvernement du Québec – Programme de crédit d'impôt pour l'édition de livres – Gestion SODEC.

Nous reconnaissons l'aide financière du gouvernement du Canada par l'entremise du Programme d'aide au développement de l'industrie de l'édition (PADIÉ) pour nos activités d'édition.

Nous remercions le Conseil des Arts du Canada de l'aide accordée à notre programme de publication.

DES ÉTOILES JUMELLES

Marie Gagnon

DES ÉTOILES JUMELLES

roman

vlb éditeur

VLB ÉDITEUR
Une division du groupe Ville-Marie Littérature
1010, rue de La Gauchetière Est
Montréal (Québec) H2L 2N5
Tél. : (514) 523-1182
Téléc. : (514) 282-7530
Courriel : vml@sogides.com

Conception de la couverture : Nicole Morin
Photo de la couverture : © Ian Sanderson / Taxi

Catalogage avant publication de la Bibliothèque nationale du Canada

Gagnon, Marie, 1966-

    Des étoiles jumelles

    (Roman)

    ISBN 2-89005-843-3

    I. Titre.

PS8563.A329D47   2004   C843'.54   C2004-940199-8
PS9563.A329D47   2004

DISTRIBUTEURS EXCLUSIFS :

- Pour le Québec, le Canada
  et les États-Unis :
  LES MESSAGERIES ADP*
  955, rue Amherst
  Montréal (Québec) H2L 3K4
  Tél. : (514) 523-1182
  Téléc. : (514) 939-0406
  *Filiale de Sogides ltée

- Pour la France et la Belgique :
  Librairie du Québec / DNM
  30, rue Gay-Lussac
  75005 Paris
  Tél. : 01 43 54 49 02
  Téléc. : 01 43 54 39 15
  Courriel : liquebec@noos.fr
  Site Internet : www.quebec.libriszone.com

- Pour la Suisse :
  TRANSAT SA
  C.P. 3625, 1211 Genève 3
  Tél. : 022 342 77 40
  Téléc. : 022 343 46 46
  Courriel : transat-diff@slatkine.com

Pour en savoir davantage sur nos publications,
visitez notre site : **www.edvlb.com**
Autres sites à visiter : www.edhexagone.com • www.edtypo.com
www.edjour.com • www.edhomme.com • www.edutilis.com

© VLB ÉDITEUR et Marie Gagnon, 2004
Dépôt légal : 1er trimestre 2004
Bibliothèque nationale du Québec
Bibliothèque nationale du Canada
Tous droits réservés pour tous pays
ISBN 2-89005-843-3

AVERTISSEMENT

Des étoiles jumelles est un remodelage romancé d'expériences vécues par l'auteure. Les personnages et le Centre de thérapie Nuit et Jour sont fictifs et relèvent du romanesque.

À Gérald Gagnon
mon papinouche à qui je dois la vie
mais aussi l'amour de la vie...

Au Dr Pierre Lauzon
en témoignage de mon respect
et de mon admiration

Ainsi qu'à Pierre Edgard
avec mes remerciements

PREMIÈRE PARTIE

1

Il dort et sourit. Comme un enfant. Serrée contre lui, elle ose à peine bouger. « Le sommeil est une perte de temps », a-t-il coutume de dire. Habituellement, c'est lui qui la regarde dormir, est-ce pour ça qu'il est toujours si fatigué ? Pourtant, l'hiver dernier encore – ou était-ce celui d'avant ? – Prince, malgré une activité débordante, jamais ne semblait avoir besoin de sommeil.

En se levant, elle froisse le papier journal qui fait office de matelas. Lui demeure immobile. Son souffle est profond ! Même le froid ne trouble pas son repos. Ici, les premières heures du jour sont glaciales. Elle le couvre de son long manteau noir dans lequel elle se perd tant elle a maigri. « Il te donne une allure de clodo », a-t-il remarqué, la veille. Elle lui a répliqué qu'ils étaient devenus de vrais clodos et qu'elle en tirait gloire. Lui n'était pas d'accord, trouvait qu'elle s'illusionnait : bourgeoise elle était lorsqu'ils s'étaient connus, bourgeoise elle était restée, mais il ne désespérait pas de l'affranchir. S'ensuivit une de ces polémiques qu'elle adore et dans lesquelles il a toujours le dernier mot. C'est un soleil ! Et elle ? Une lune qui a besoin de l'astre royal pour resplendir. Entre toutes, il a choisi Emma. Elle est l'élue et cette pensée l'égaie. La voilà toute requinquée. Mais ce qu'il peut faire froid entre ces quatre murs de béton !

Du grand sac de cuir qui lui sert de fourre-tout elle sort le smack. Le pusher l'a emballé dans un 6/49 probablement ramassé près d'un dépanneur. Elle aligne cuillère, seringue, coton… tout ce qu'il faut pour la cuisson du matin. Ce sera leur petit déjeuner.

« Prince ! » Il ouvre des yeux sombres, aperçoit le matériel, sourit. Un instant, elle a craint qu'il ne se fâche. D'habitude, c'est lui qui prépare l'héroïne. À elle incombe depuis peu la tâche de trouver le fric pour l'acheter.

Jean-Marie a redressé son long squelette sur la couche improvisée et s'est emparé d'une seringue. Elle doit l'aider tellement il tremble. Derrière les paupières d'Emma, la pluie hésite : ce qu'il est fragile à présent, son Prince !

L'effet a été quasi instantané. Jean-Marie se tient droit maintenant et la domine de toute sa hauteur. Ses yeux brillent. Le prof inamovible refait surface, qui gesticule, s'exclame, discourt, disserte, émet sur tout et chacun une opinion tranchée et définitive. Occupée à remettre de l'ordre dans l'antre qu'ils occupent depuis trois jours, Emma sourit en écoutant son grand philosophe. On dirait Don Quichotte sermonnant un Sancho Pança filiforme. Elle est heureuse. Leur errance comble son besoin de vivre hors du carcan de la société et Prince l'accuse parfois d'être une incorrigible romantique.

Le cagibi qu'ils squattent donne accès à une terrasse au sommet d'un édifice de vingt étages. Comme c'est l'hiver, personne n'y vient. Il n'est pas meublé, mais c'est mieux qu'une toilette de garage. Pour y accéder, ils se pointent à l'entrée de l'immeuble, sonnent à n'importe quel appartement et se précipitent vers l'ascenseur dès que la porte s'ouvre. Si d'autres utilisateurs l'attendent, ils prennent l'escalier de secours et gravissent un étage ou deux, ce que Prince fait une main accrochée à la rampe, l'autre s'appuyant sur l'épaule de sa compagne.

Ces temps-ci, Jean-Marie marche difficilement. Sa jambe gauche peine à le porter. Emma le surprend parfois en train de grimacer. Lui qui ne se plaignait pourtant jamais. À l'occasion, il lui arrive de gémir. « Pourquoi ne pas nous faire héberger par ton ami Carlitos deux ou trois jours, il nous l'a déjà offert ? » ou : « Pourquoi ne pas nous payer un motel ? J'essaierai de rapporter plus », lui a-t-elle souvent proposé.

« Ma ! Déjà que je ne peux plus t'aider en raison de cette jambe ! Un simple problème musculaire qui va se régler d'ici quelques jours, tu verras. Le fruit de tes vols, c'est pour nos veines. Pourquoi gaspiller ? Il y a tant d'endroits gratuits où roupiller. Quant à Carlitos, nos problèmes ne sont pas les siens. »

En vieux junkie expérimenté, il tient cependant à ce qu'ils mangent – et bien – au moins une fois par jour. « Malnutrition ne s'accorde pas avec consommation », lui serine-t-il à tout bout de champ. Il a raison. Un junkie mal nourri perd vite ses dents, fragilise son ossature et devient aussi constipé que s'il était bouché au ciment. Ce repas, ils le prennent le soir, dans leur cagibi. Du temps où il pouvait encore courir, ils resquillaient un repas sur deux.

C'est Jean-Marie qui l'a initiée, il y a plus de sept ans. À l'époque, elle entamait une carrière de prof de français au secondaire ; lui, il enseignait la philosophie à l'UQAM depuis déjà quelques années. Emma occupait un appartement trop vaste pour elle seule et certainement trop cher pour son budget. Elle cherchait un colocataire ; un grand Noir s'est pointé. C'était Jean-Marie. Toujours l'amadou s'enflamme au contact du feu. Disciple d'Antonin Artaud, niant le réel et la nécessité, prêt à aller jusqu'au suicide pour accéder aux sources de l'esprit, Jean-Marie a vite pris dans le cœur d'Emma la place du Dieu vainement cherché dans les écrits ésotériques et la fréquentation de sectes. Son adolescence derrière elle, Emma semblait résignée à la normalité. Du moins prétendait-on autour d'elle qu'elle s'était assagie. À l'époque où Jean-Marie entra en scène, elle se trouvait un peu boulotte et très bourgeoise.

Elle s'est vite rendu compte qu'il se droguait. Alors, il devenait disert, brillant, génial même. « Laisse-moi essayer », lui demandait-elle. Il a longtemps refusé... jusqu'à ce fameux soir où il lui a montré la poudre.

« Cette drogue permet d'atteindre le pur état du voyant ; elle élève autant qu'elle peut abaisser, lui a-t-il dit. Un plat de choix pour qui sait en user avec discernement. Aux autres, elle ouvre la porte de l'enfer. Il faut la fumer. Ne surtout pas se l'injecter. »

Elle a essayé ; elle a aimé ; elle a recommencé... de plus en plus fréquemment. Ils ont ainsi plané – raisonnablement, croyaient-ils – durant trois ou quatre ans. Jusqu'à une mémorable descente de police chez les pushers du brown sugar, cette héroïne qu'on peut fumer. Du jour au lendemain, la « brown » a disparu du marché. Ne restait que la terrible « blanche », celle qui ne se prend que par injection. Après quelques jours de manque, ils s'en sont procuré. « Ce ne sera que pour un temps », prétendaient-ils.

Le brown sugar est revenu sur le marché, mais eux n'ont pu revenir en arrière.

S'ensuivit la dégringolade, aux yeux des autres du moins. Eux se réjouissaient plutôt à l'idée de cette bohème forcée. Enfin ils pouvaient vivre en conformité avec leurs convictions. Emma a donc laissé son emploi et ils ont quitté à la sauvette – avec les loyers du mois des autres locataires – l'appartement dans l'édifice dont elle était aussi la concierge. Un temps, ils ont habité une automobile louée, se lavant où ils pouvaient. Ils y ont même corrigé les travaux des étudiants de Jean-Marie. Survinrent l'accident et la perte de l'auto. Quelques jours plus tard, l'université, après lui avoir beaucoup pardonné, licenciait finalement Jean-Marie. Leur restait la rue, et cette immense liberté des itinérants, des moines et de tous ceux qui ne vivent qu'au présent.

Toujours au ménage de leur cagibi, Emma ne l'a pas vu s'approcher. Il la saisit aux épaules, la retourne, l'embrasse. Longtemps, il la serre contre lui. Moment d'éternité. Devrait-elle mourir ce matin qu'elle ne regretterait en rien sa vie tant elle y a trouvé le bonheur malgré les souffrances inhérentes à leur genre d'existence. Auprès de qui lui a ouvert les portes de la connaissance, elle s'est libérée du fardeau d'un passé conformiste, tiède et pâle. Et voilà que Jean-Marie chante maintenant. Il essaie d'imiter Sacha Distel dont il aime le côté léger. Elle soupire d'aise : elle est avec son homme. Et s'il fait l'enfant, c'est qu'il a l'humeur à la fête. Remonterait-il la pente ? Emma veut le croire.

Elle s'écarte de lui pour vite tout ramasser : leurs maigres effets, leur matériel de junkie, les reliefs de leur repas de la veille. Le matelas, elle le défait et empile les journaux dans un coin. Peut-être viendra-t-on inspecter leur antre aujourd'hui. Et comme ils comptent y revenir... Et puis, plus tôt ils partiront, plus minces seront les risques de rencontrer quelqu'un dans l'ascenseur.

Ils débouchent dans la rue alors qu'un soleil blafard émerge d'un horizon safran. Matin inquiétant, prélude de tempête de fin d'hiver et d'entreprises téméraires.

« Prête-moi ton épaule. Ma jambe me fait mal à nouveau. »

Chemine maintenant un grand six pieds grimaçant, accroché à une béquille de cinq pieds et deux pouces. À l'approche de la station de métro Fabre, la béquille se penche et ramasse un solide sac de la SAQ, jeté par un quidam au bord du trottoir. La journée commence bien. Il ne reste plus qu'à les emplir, autant le sac que la journée.

La drogue produit maintenant son plein effet : Emma se sent forte et audacieuse. Ah ! si elle pouvait, aujourd'hui, doubler sa moisson quotidienne. Bien qu'elle doute fort qu'il accepte jamais d'être dorloté, elle se plaît à imaginer Prince et sa jambe malade dans un lit douillet.

Station Fabre ! Ils attendent qu'un autobus s'arrête, puis, mêlés à la foule de voyageurs, passent les tourniquets du métro en catimini. Ils descendent à Berri-UQAM et se dirigent vers un stand de taxis. Les chauffeurs haïtiens sortent de leur voiture et entourent leur compatriote qu'ils admirent tant. Un quart d'heure durant, Prince les entretient en créole de politique, d'économie, de philosophie. Bien qu'ayant perdu son poste à l'université, il enseigne toujours et eux l'écoutent, bouche bée et admiratifs.

Prince a terminé son cours, choisi son taxi et s'est installé sur le siège avant. Emma se glisse à l'arrière. Comme il incombe maintenant à la jeune fille de prendre la direction des opérations, elle lance au chauffeur :

« Les Promenades Saint-Bruno ! »

Emma adore ces balades en voiture qui la détendent, ces moments de paix avant la bataille. Elle contemple le paysage. Elle vit ! Elle savoure chaque instant comme s'il s'agissait du dernier. Et cet état, elle le doit à Jean-Marie qui, pour le moment, s'occupe de haranguer le chauffeur dont la tête ne cesse d'opiner.

Mais soudain, sans aucun signe avant-coureur, Emma sent ses entrailles imploser. La peur ! La peur qui ronge le ventre et fige le sang. Emma sait comment la mater. Elle commence par se convaincre qu'il lui sera facile d'opérer aux Promenades Saint-Bruno où elle est pratiquement inconnue. Elle se dit que les deux petites librairies qu'elle y a repérées n'ont probablement pas d'agent de sécurité. Pour se donner du courage, elle pense à Jean-Marie, à sa jambe malade. Elle se mire dans le rétroviseur, se compose une mine décidée. La voilà raplombée. Il est temps, car ils arrivent. Jean-Marie négocie le prix de la course.

« *Map baw 20 $. Madanm mwen ap pis al achte yon bagay, lap touner nan Berri-UQAM koulye a*.* »

---

* « 20 $, ça va ? Ma femme a quelques emplettes à effectuer, puis nous revenons à Berri-UQAM. »

Quel aplomb ! 20 $! La course en vaut au moins le triple. Et le chauffeur qui acquiesce comme si c'était Prince qui lui faisait une faveur. Sourire aux lèvres, Emma sort du taxi et promet de se hâter.

« Ma ! Ne te mêle pas de ça, prends tout le temps qu'il te faut, dit-il en regardant sa montre. De toute façon, les magasins ne sont pas encore ouverts. Bastide est heureux de nous dépanner. C'est un homme de valeur qui sait aider son prochain. Pas vrai, Bastide ? »

Il lui donne une bourrade amicale sur l'épaule et poursuit en lançant une œillade à sa compagne :

« Nous inviterons Bastide et sa femme à la maison, cette semaine. Je lui ai promis un ou deux bouquins. »

Bastide est si honoré de sa rencontre avec le fameux prof qu'il leur offre le café qu'ils sirotent en attendant l'ouverture des commerces. À dix heures pile, elle les quitte.

« *M'ab touner koulye a** », qu'elle leur dit.

Étant donné l'heure matinale, la première librairie est, comme elle l'espérait, pratiquement vide. L'unique commis étant occupé à la caisse, elle peut remplir sans problème son sac de livres de grand prix. Ceci fait, elle se dirige lentement vers la sortie, puis hâte le pas dans les allées du centre commercial. Parvenue à l'extérieur de l'établissement, elle court jusqu'à la voiture, vide son sac sur le siège arrière et s'en retourne en vitesse. À peine a-t-elle eu le temps d'entrapercevoir la mine estomaquée de Bastide. Elle ne s'en fait pas trop : Jean-Marie saura l'apprivoiser.

---

* « Je reviens à l'instant. »

Elle a visité la deuxième librairie. Comme elle s'y attendait, Jean-Marie a déjà amadoué un Bastide qui lui offre de déposer son butin dans le coffre arrière.

« J'y retourne une dernière fois. »

Jean-Marie la regarde, sa témérité l'inquiète. « N'abuse pas de notre chance. » Emma n'a cure de ce conseil. Et puis, n'est-il pas encore tôt ? Elle jette un coup d'œil à la jambe de Prince. Son pantalon est remonté. Elle voit la cheville, l'enflure.

« J'y vais encore une fois. La dernière, je te le promets. Ne t'inquiète pas. »

Elle est retournée à la seconde librairie – celle située à l'étage des Promenades – pour ce qu'elle espère être son dernier vol de la journée. Peut-être même le dernier de sa carrière de délinquante ! Leur choix de vie n'implique pas nécessairement le vol à l'étalage et les affres qui l'accompagnent. Dès que Prince pourra de nouveau marcher à sa guise, ils laisseront tomber la blanche et vivront comme ils l'ont toujours voulu : d'écriture et d'inhalation occasionnelle de brown sugar. Et puis, Jean-Marie ne lui a-t-il pas dit attendre, à l'adresse de Carlitos, un chèque important ? D'une compagnie d'assurances ? de son régime de retraite ? Elle ne se rappelle plus. Qu'il arrive donc, ce fameux chèque, avant que malheur survienne. Qu'il arrive, pour qu'ils puissent se payer une chambre de motel ; pour qu'elle puisse enfin soigner la jambe de Prince ; pour que cesse cette terrible angoisse qui accompagne chacune de ses razzias qu'elle doit effectuer de plus en plus loin de Montréal où presque tous les libraires et marchands de disques la voient maintenant venir de loin. Il est temps pour Jean-Marie et elle de se retirer dans quelque piaule où ils pourront se reposer, écrire, refaire le monde et, pourquoi pas, à l'occasion, sortir et le parcourir !

Emma respire à fond. Elle entre, remplit son sac et ressort vite de la librairie. En descendant l'escalator, elle a grande envie de regarder derrière elle mais parvient à se maîtriser.

Ouf ! Tout s'est bien passé, une sensation d'ivresse l'envahit. En sortant du centre commercial, elle va courir jusqu'au taxi lorsqu'elle voit Jean-Marie gesticuler, comme s'il voulait l'avertir d'un danger. Que se passe-t-il ? Un bruit de course derrière elle, la peur qui monte...

Elle a huit ans. Son lit est mouillé de sueur. Une ombre la surplombe. Emma veut crier, mais pas un son ne passe ses lèvres. L'ombre descend... grossit, monstrueuse...

Emma veut se retourner... Trop tard. Une main s'abat sur son épaule.

« Mademoiselle, vous êtes en état d'arrestation. Accompagnez-moi, je vous lirai vos droits à l'intérieur. »

Tout se casse en la jeune fille. Effondrée ! La poigne qui lui tient le bras est ferme et lui enlève toute possibilité de fuir. À travers la vitre du taxi, Bastide regarde la scène avec des yeux fous. De Jean-Marie, qui se tient la tête entre les mains, elle ne voit que la nuque.

2

L'agent de sécurité désigne une chaise à Emma et prend place derrière son bureau. Ils se font face. Un autre garde se tient sur le seuil. On attend les flics. On la questionne. Nom : Emma Deschênes ; adresse : celle d'un dénommé Carlitos, grand ami de son conjoint, M. Jean-Marie Fareau (ce mensonge est essentiel, car la justice voit d'un mauvais œil les délinquants sans domicile fixe) ; NAS : ne s'en souvient pas et a perdu sa carte ; taille : un mètre soixante-deux ; poids : a déjà pesé cinquante-cinq kilos, a beaucoup maigri depuis, ignore son poids actuel ; yeux : bleus. « Avez-vous des cicatrices ? » Le gars est penché sur sa fiche. Elle aussi tient la tête basse. Elle répond machinalement.

Elle pense à Jean-Marie, à la jambe de Jean-Marie. Elle revoit son Prince effondré dans le taxi, la tête entre les mains. Que fera-t-il sans sa Ma ? Elle craint qu'il ne puisse tenir le coup sans ses deux doses quotidiennes de smack. Les fruits de la dernière « cueillette » seront vite consommés : les veines de Prince sont insatiables. Comment survivra-t-il demain ? Il ne pourra pas trouver le fric qui pourrait lui éviter les affres du manque. Mendier ? Taper parents et amis ? Son orgueil l'en empêchera. Voler ? Pas avec cette maudite jambe. Certes, son

Jean-Marie est une sorte de génie à la dialectique brillante, rigoureuse, implacable. Mais sa débrouillardise égale à peine celle d'un enfant de cinq ans. Jean-Marie… son alter ego, son ami, son mentor, son amant, son complice. Que deviendra-t-il ? Quant à elle, sa peine lui creuse un trou au ventre dans lequel son âme voudrait bien tomber.

Puis, lui vient à l'esprit qu'il lui faut appeler Me Barbille, son avocat. C'est une connaissance de Jean-Marie qui le tient en haute estime. Peut-être pourra-t-il limiter sa sentence à quelques semaines de détention ? Elle fait part de son désir de contacter son défenseur.

« Attends l'arrivée des policiers. Tu sais bien qu'on te relâchera sur promesse de comparaître. »

Elle ne se berce pas d'illusions. Trop de citations à comparaître jetées à la poubelle. Un mandat d'arrestation est sûrement émis, la concernant. Me Barbille l'a déjà prévenue de ce danger.

Des pas lourds, des voix graves : entrent les flics.

« À ton air, on voit bien que t'es une habituée, la blondinette. Pas de chanson et donne ton vrai nom si tu ne veux pas une charge d'entrave à la justice. »

Emma déballe tout, comme d'habitude. La jeune fille n'apprendra jamais à se retourner les méninges avant d'agir ou de parler. Elle entre en état d'arrestation avec la même inconscience qui préside à chacun de ses délits. Cette inconscience qui l'a fait plonger dans l'univers de la plus dure des drogues. À ceux qui la jugent stupide et infantile, elle répond que son parcours est le fruit d'un mauvais karma. Elle s'estime en quête d'absolu. Elle n'accorde aucune importance au fait que cette quête l'entraîne dans des taillis épineux qui lui lacèrent corps et âme. Soudain, elle a froid. Très froid.

Un des flics a appelé la Centrale.

« Tu es recherchée. On t'emmène. »

Clic, clic ! Bras devant, poignets rapprochés, Emma chemine à nouveau dans ces Promenades Saint-Bruno qu'elle ne reverra pas de sitôt. Dans le stationnement, elle constate du coin de l'œil l'absence du taxi. Ouf ! Jean-Marie a pu quitter l'endroit sans encombre. Mais ce qu'elle est seule maintenant ! Ah ! se laisser choir, rester là, ne plus bouger. Attendre que le sol l'avale, *comme le sommeil, il y a longtemps, alors que l'ombre allait l'étreindre.* Ne plus penser, ne plus avoir mal et, surtout, ne plus avoir conscience d'être séparée de Prince.

On la conduit au Centre opérationnel Ouest. On y empile les détenus avant leur transfert à Bonsecours, l'antichambre de la cour. Le trajet, dans un sinistre fourgon, s'avère un véritable cauchemar : l'odeur putride, l'obscurité et le rire gras des deux flics qui lui parvient de l'avant lui procurent un dégoût des autres et des choses. L'œil collé à la crasseuse vitre grillagée par laquelle on devine avec peine le monde extérieur, elle sent son cœur se déchirer : son cher Montréal défile comme un fruit interdit devant ses prunelles qui ne savent pas pleurer.

On l'a inscrite sur le rôle. Elle fait maintenant partie du troupeau. On lui enlève manteau, lacets… La voilà en cellule. Comme c'est vendredi, elle y restera au moins deux jours et demi. La Justice est une entreprise qui libère ses employés durant les week-ends.

Passe la journée du vendredi, puis se pointe samedi qui s'écoule avec une telle lenteur qu'Emma en perd la notion du temps. Elle entre en manque : elle a froid, les os lui font mal à en hurler. À cor et à cri, elle réclame la permission de contacter Me Barbille. Dans l'après-midi, elle peut enfin l'appeler. Une secrétaire répond qui, après avoir consulté son agenda, lui apprend que Me Barbille la défendra lundi matin à la cour municipale.

« J'aimerais lui parler.

— Me Barbille n'est pas libre en fin de semaine, Mademoiselle, mais vous pouvez compter sur lui. Il sera là lundi. »

La phrase est sans doute toute faite. Elle a dû souvent l'employer. Elle raccroche avant qu'Emma puisse insister. La jeune fille aurait demandé que Me Barbille informe Jean-Marie de la situation exacte de sa Ma : qu'il le rassure sur son état et lui donne ne serait-ce qu'un aperçu de ce qui lui pend au bout du nez. Elle veut rappeler mais surgit un flic qui, sourd à ses protestations, la ramène en cellule.

Ce qu'elle a froid ! Recroquevillée sur le banc de fer, elle enfouit ses mains dans les manches de son chandail, les retire, les croise sur sa poitrine. Elle rentre la tête dans l'encolure de son pull. Elle ne veut pas attraper son coup de mort. Non qu'elle tienne tellement à la vie en ce moment, mais elle veut revoir Jean-Marie. Elle ne pleure pas, n'en ressent même pas l'envie. Serait-elle déjà endurcie ? D'instinct, elle s'est mise en mode de survie dans l'univers carcéral. Elle essaie de refouler toute émotion et se fabrique un masque d'impassibilité.

Ce doit être l'heure du souper, puisqu'on lui tend sandwich et café à travers les barreaux.

« J'ai froid. Vous n'auriez pas une couverture ?

— Non ! »

Emma est plus humiliée que déçue. Elle s'en veut de s'être abaissée à quémander. On ne l'y reprendra plus.

Son corps est toujours recroquevillé sur le banc. Il souffre, mais elle ne l'habite plus. Réfugiée au centre d'elle-même, elle voudrait y demeurer éternellement. Toutefois, obsédante, lancinante, ressurgit son inquiétude au sujet de Jean-Marie.

Lui vient aussi une pensée égoïste. Prince ne pourrait-il pas lui refiler un peu d'héroïne durant son passage à Bonsecours ? N'étant pas encore condamnée, elle y jouira de quelques privilèges, dont celui de recevoir de l'argent provenant de l'extérieur. Des billets, bien sûr. Jean-Marie sait comment les traiter.

Tombe à nouveau la nuit. Elle essaie de fuir le plus loin possible au pays du non-être.

Encore une fois, on lui tend un gobelet de café. L'accompagnent deux tranches de pain qu'un peu de beurre a effleurées. À peine a-t-elle eu le temps de les engouffrer qu'on lui remet les bracelets d'acier.

Emma quitte sa cellule. Par des pressions aux épaules, on la guide dans le dédale de corridors. Elle traîne les pieds. Ses cheveux sont longs, noués et graisseux. Comme elle avance la tête légèrement penchée en avant, ils lui tombent sur la figure.

On lui a redonné son manteau et remis des lacets qu'elle n'a pas le temps d'attacher, car vite on la fait monter dans un fourgon ; cette fois-ci une bétaillère, divisée en deux cages. On l'enferme dans le compartiment réservé aux femmes. Elle y est seule. En face sont entassés les gars. À les entendre gueuler, elle se dit qu'ils doivent être une bonne douzaine. Soudain, la lunette grillagée s'éclaire un peu. Ils sortent du garage. Le frêle rayon de soleil qui a réussi à pénétrer sa geôle lui brûle les yeux et lui réchauffe le cœur.

Bien qu'on ne l'ait encore jamais dûment condamnée, elle connaît Bonsecours. Elle y a plusieurs fois passé quelques heures avant qu'on la pousse devant des juges qui, jusqu'ici, l'ont toujours libérée sous promesse de se présenter à une prochaine comparution. Une promesse qu'elle n'a jamais respectée, bien entendu. Aujourd'hui, Emma pressent qu'elle n'en sortira que pour prendre le chemin de la maison Tanguay, le centre de détention pour femmes. Combien de temps y restera-t-elle ?

Les voilà arrivés à Bonsecours. Elle descend de la bétaillère et, sous bonne escorte, prend le chemin de « la détention ». C'est une grande cellule où se « prélassent » déjà trois filles. Sans un mot, Emma s'installe dans un coin. Pour oublier son mal, elle songe aux billets de cinq dollars que Jean-Marie lui fera peut-être parvenir. Elle rêvasse quelque temps, puis s'assoupit.

Emma est réveillée en sursaut. Deux de ses « cochambreuses » crient à tue-tête tout en se crêpant le chignon. Une histoire de chum, selon ce qu'elle saisit de leur querelle. Effarouchée par tant de violence, une jeune Noire s'est ramassée sur elle-même et pleure, comme en témoignent les soubresauts de ses épaules. On ne peut voir son visage qu'elle couvre de ses mains. Elle vit probablement sa première confrontation avec le système judiciaire. Emma n'a même plus la force de compatir à la douleur de l'autre tant la sienne prend toute la place ; plus que les souffrances physiques liées au sevrage d'héroïne, c'est le manque de Jean-Marie qui lui brise tous les os. Emma ne va-t-elle pas connaître bientôt sa première expérience d'incarcération prolongée ? Il lui est impensable d'imaginer vivre ne serait-ce que quelques heures sans Jean-Marie. Et puis, comme le temps doit être long à la prison Tanguay… Elle frissonne.

Vers onze heures, on vient la chercher pour son passage en cour. Elle s'énerve, réclame de rencontrer son avocat avant de comparaître. Le flic de service lui rappelle qu'elle n'est pas une princesse et qu'un juge, ça n'attend pas. On la tire quasiment jusqu'à la cour numéro 2 où, menottée, elle entre par une petite porte de côté. Elle entrevoit mille regards qui la fusillent. Elle est une star.

Quelqu'un a prononcé des phrases dont elle n'a pas compris un mot, trop occupée à chercher Jean-Marie parmi le public. Son cœur se serre, elle ne le voit pas,

« Vous plaidez coupable ? » lui demande le juge.

Me Barbille est bien là, qui lui fait signe d'acquiescer.

« Coupable. »

Le juge consulte ses papiers, se décrasse la gorge, puis, sans même lui jeter un regard :

« Vos nombreux délits pourraient vous valoir deux ans de prison, mademoiselle Deschênes. Cependant, vu vos antécédents familiaux et vos études universitaires, je ne désespère pas de vous voir remonter la pente. Je sursois donc à votre condamnation, mais il y a une condition. Vous devrez accepter de passer de six à dix-huit mois dans un centre de thérapie pour toxicomanes. Votre avocat suggère le Centre Nuit et Jour. Tout au long de votre cure, vous devrez revenir régulièrement devant la cour pour évaluation de votre progression. Acceptez-vous ? »

Me Barbille s'est rapproché d'elle. Il lui chuchote que cette solution est préférable à la prison, que Jean-Marie est d'accord, qu'ils pourront ainsi se voir plus souvent et dans de meilleures conditions.

Les yeux d'Emma cherchent de nouveau Jean-Marie dans la salle. Elle l'aperçoit enfin. Il pleure.

« Acceptez-vous ? »

Elle balbutie un oui à peine audible et on la ramène à l'étage de la détention où elle signe un papier qu'elle ne se soucie pas de lire. Étant en sursis, elle n'est pas encore une criminelle. On peut donc lui remettre ses effets et les deux billets de cinq dollars que lui a fait parvenir Jean-Marie. Un petit mot de lui les accompagne, écrit d'une main si tremblotante qu'elle a peine à le déchiffrer : *Courage, Ma ! J'ai déjà subi deux thérapies. Crois-moi : c'est de la tarte !*

Elle tâte les billets. Bravo, Prince ! Ses doigts ont perçu la poudre d'héroïne dont il les a saupoudrés après l'avoir légèrement chauffée pour qu'elle adhère longtemps. Elle se précipite vers le recoin qui abrite les W.-C., enflamme un billet, inhale la fumée, recommence avec l'autre. Soulagée pour l'instant du manque, elle envoie la main aux autres occupantes de la grande cage, comme pour s'excuser de leur faire faux bond, et sort accompagnée par des regards envieux. En fait, elle n'est pas tout à fait libre, puisque c'est une autopatrouille de la police qui la conduira au centre de thérapie.

DEUXIÈME PARTIE

3

Un jardin tout broussailles planté sur un sol vaseux dans un paysage de fin de mars. Des plaques de neige souillées de crottes de chien. Çà et là, le granit jaillit en menhirs noirs. Jetée au hasard dans cette triste nature, une grande maison de campagne. Un ciel sale pleure sur ses murs lépreux, gris d'ennui. Du lac qui lui fait face monte un brouillard jaune qui sent le soufre. En guise de bienvenue, deux molosses aboient, les yeux mauvais. Encadrée par des policiers, Emma attend sur le perron du Centre Nuit et Jour qu'on veuille bien l'accueillir. Elle a vue sur l'arrière de la bâtisse. Une haute falaise parsemée de quelques épinettes rabougries sue une eau noire et bloque l'horizon. Un décor wagnérien pour crépuscule des dieux. Emma a le cœur dépenaillé. Ses jambes flageolent.

Des bruits de pas ; une porte qui grince. Une tignasse rousse s'écarte pour les laisser entrer.

La fille n'est pas maquillée. Vingt ans peut-être. Elle porte un jean et un pull noirs. La lumière joue dans ses yeux verts. Sans un mot, elle leur fait signe de la suivre et enfile un long corridor. Les murs sont jaunes et nus. La main de l'un des policiers pèse sur l'épaule d'Emma, l'oblige à pénétrer plus avant dans l'antre. Tout en la poussant, le flic la présente à la ronde.

« Nous vous amenons mademoiselle Deschênes, sur ordre de la cour. Votre directrice est au courant. C'est une héroïnomane au bord du manque. Bonne chance ! Il y a des papiers à… »

La salle où ils viennent d'entrer fleure la sauce à spaghetti. Une grande table en formica, des chaises dépareillées, un vaisselier d'un autre âge et un immense garde-manger la meublent. La pièce loge aussi plusieurs personnes dont Emma ne remarque que les yeux. Le silence est total. L'atmosphère, de glace. Les yeux la suivent jusque dans l'escalier qui mène à l'étage où l'attend la directrice.

Le bureau baigne dans le clair-obscur. Du tapis, des tableaux, un bureau, une lampe. Sa lumière rebondit sur les pommettes proéminentes de Mme Diane Clermont, directrice du Centre. Les flics sont repartis avec leurs menottes et Emma se frotte les poignets. Elle attend que Madame lui adresse la parole.

C'est une femme d'âge mûr, aux traits finement ciselés, aux yeux noisette, aux cheveux noirs, coupés à la garçonne. Des vestiges de l'ancienne beauté apparaissent sous l'épais maquillage. Les lèvres sont peinturlurées écarlates, les paupières grassement soulignées de bleu. Elle porte un tailleur gris, d'une coupe simple, qu'une épingle enjolive à la hauteur du cœur. Une tenue chic, mais insolite sous une tête un brin vulgaire. Une main quitte le bureau, caresse l'épingle. Emma voit bien les doigts, maintenant. Ils sont outrageusement bagués. Ongles longs et pointus : des griffes de chatte. Une chatte qui, tout à l'heure, ronronnait avec les policiers. C'est tout juste si elle ne se frottait pas contre eux.

Emma ressent d'emblée une aversion profonde pour l'endroit et pour la femme qui le dirige. À ce dégoût s'ajoutent à nouveau les douleurs du sevrage ; elle se sent défaillir. Obligée de s'appuyer sur le bureau, Emma demande la permission de s'asseoir. Mme la directrice lui indique une chaise et ouvre enfin la bouche.

« J'ai lu le rapport présentenciel vous concernant. Il est très intéressant. De solides études universitaires gâchées par plusieurs années de consommation d'héroïne par voie intraveineuse. C'est du joli ! »

Une voix légèrement rauque, un ton aigu. La main a laissé l'épingle et repose maintenant sur le bureau, à côté de l'autre.

« J'exige une obéissance absolue… »

Elle toise Emma.

« … Nuit et Jour fonctionne selon une approche psychosociale de confrontation. Vous serez mise à nu. Vos diplômes ne vous serviront à rien. Tous nos pensionnaires sont égaux… »

Ses yeux détaillent Emma de la tête aux pieds.

« Vous êtes jolie, mais oubliez-le. Maquillage et vêtements moulants sont interdits, de même que toute familiarité avec les résidants masculins ou les intervenants… »

Emma a mal à la poitrine. Prince ! Viens chercher ta Ma !

« Vous devez changer, et vous allez changer. Bon ! Je vous lis nos règlements. »

La liste est longue. Toute à ses efforts pour reprendre courage, Emma n'y prête pas attention. Elle ressasse l'idée que le chemin du retour vers Jean-Marie et vers la liberté passe par cette thérapie qu'il lui faut mener à terme.

« Vous m'écoutez ? »

Elle sursaute. L'autre lui décrit une journée type, puis, avec emphase, lui assène sa conception d'un centre de thérapie pour toxicomanes. Emma n'y entend goutte, mais se dit qu'elle les assimilera bien par osmose, ces fameuses théories.

« … Peut-être vous faites-vous illusion sur la durée de votre séjour parmi nous ? »

Son regard exige une réponse.

« Je ne sais pas. Votre dépliant publicitaire, que m'a remis mon avocat, parle d'une période de six à dix-huit mois. Je suppose qu'en faisant preuve de bonne volonté, je pourrai progresser rapidement. Je compte travailler dur. Six mois… huit mois, peut-être.

— Vous êtes une héroïnomane. Dans votre cas, dix-huit mois, c'est un minimum…

— Je vais travailler très fort.

— Je vous répète que dix-huit mois, c'est un minimum ! »

Elle a assommé Emma. Maintenant, chacun de ses mots est un nouveau coup de gourdin.

« Votre dossier fait état de plusieurs passages à venir devant un juge. Je vous y représenterai.

— Mais c'est moi qui…

— N'espérez pas vous retremper chaque mois dans l'atmosphère délétère de Montréal, à mes frais en plus. J'irai seule et, chaque fois, la cour sera saisie d'un rapport sur votre comportement. J'abhorre ceux qui viennent à Nuit et Jour dans le seul but de s'éviter du temps d'incarcération. Ils s'illusionnent. J'ai, à tout moment, la possibilité de renvoyer un pensionnaire en prison… »

Cette femme aime le pouvoir, c'est indéniable. Voilà qu'elle parle de fric, maintenant.

« Votre prestation d'aide sociale ne paiera qu'une partie de ce que vous nous coûterez. Aussi n'en toucherez-vous pas un sou. Mais vous ne manquerez de rien. Des subventions gouvernementales et les contributions de quelques résidants en mesure de payer pleine pension nous permettent de combler le manque à gagner... »

On veut bien aider le pauvre ; encore faut-il qu'il le sache.

« Vous ne pourrez ni téléphoner ni correspondre. Je lis dans votre dossier que vous n'avez plus que votre mère et une sœur avec qui vos liens sont coupés depuis l'adolescence. Vous ne recevrez donc aucun visiteur, puisque seules les rencontres familiales sont permises. Ici, vous vivrez une cure fermée.

— Et mon conjoint, Jean-Marie Fareau ?

— Il consomme : vous devrez l'oublier.

— Il est malade. Il ne consomme plus. »

Mme la directrice sourit. Pour souligner le sérieux de son propos, elle le scande en frappant son bureau avec son coupe-papier doré à chaque mot.

« Ici, il vous faudra aussi perdre l'habitude de mentir. »

À cet instant, Emma ne ressent plus ni manque ni faiblesse. Elle hurle :

« Mais je l'aime ! Nous sommes ensemble depuis plus de sept ans. »

La directrice brandit les documents qui livrent Emma à son bon vouloir et répète :

« Vous devrez l'oublier... »

Sa mère ! Cette femme lui rappelle sa mère. Elle avait huit ans, neuf ans peut-être. Sa mère voulait lui imposer le port d'un chandail rouge vif, un chandail refusé avec violence par sa sœur aînée. Sa mère craignait sa fille aînée. Emma était plus jeune, sans défense. Elle a porté le chandail.

« C'est pour votre bien, comprenez-le. »

Son bien ! À quoi bon se libérer du joug de sa mère si c'est pour tomber sous la férule d'une femme despotique ? Emma ravale ses larmes, revêt un masque d'impassibilité. Elle baisse la tête en signe d'acquiescement, mais son cœur hurle : « Non ! »

La directrice la dévisage. A-t-elle percé son masque ? Commence alors la sudation causée par le manque. L'autre s'en aperçoit.

« Vous n'êtes pas sans l'ignorer, votre sevrage durera quinze jours. Ici, il se fera à froid. Ne comptez sur aucun support chimique. C'est pour votre bien… »

Jamais n'a-t-on voulu son bien à ce point.

« La mémoire des souffrances endurées vous aidera à ne pas rechuter. »

Paradoxalement, la dureté de ces propos ravive le courage d'Emma. Elle relève la tête, regarde la directrice droit dans les yeux. Pour empêcher ses mains de trembler, elle les presse fermement sur ses genoux.

« Je ne désire aucune faveur. Donnez-moi des tâches, je les accomplirai. »

De fières paroles qu'elle regrette aussitôt. Mme la directrice ne les relève pas, mais esquisse plutôt un sourire.

« Bien ! Je vais maintenant vous présenter à nos résidants. Ils sont dans la salle à manger en compagnie de quatre intervenants. »

Alors qu'elles sortent du bureau, Emma est en proie à un ouragan intérieur, mais n'en laisse rien paraître. Elle pense à Prince. Détresse. Elle va crier… se retient.

La directrice conduit Emma jusqu'à la grande salle du rez-de-chaussée où les mêmes yeux qu'à son arrivée la fixent. Diane Clermont lui indique une chaise entre un petit gros et un grand sec. Emma s'y affaisse. Les regards s'immobilisent. Maintenant, on la dévisage.

« Tenez-vous droite, mademoiselle Deschênes ! Ne jouez pas à la martyre. Vos souffrances, vous les avez cherchées. »

Toute la tablée semble terrifiée par ces paroles qui, pourtant, ne s'adressent qu'à Emma. Comment cette femme haute comme trois pommes peut-elle exercer un tel ascendant sur son entourage ? Sa voix perce à nouveau le silence.

« Je vous présente mademoiselle Emma Deschênes, héroïnomane. Comme il est d'usage, à tour de rôle, vous lui ferez part de ce que la thérapie a jusqu'ici changé dans vos vies. Les intervenants parleront en premier, pour donner l'exemple. En un tour de table, nous traiterons ensuite du délit commis par Marc, puis nous mangerons. »

À son signal, un jeune homme se lève. Vingt-cinq ans environ, assez grand, le profil grec. Sa timidité saute aux yeux.

« Bonjour Emma. Bienvenue à Nuit et Jour. Je m'appelle Serge… »

La voix est agréable. Emma apprécie la sobriété du propos dont elle retient que son auteur est un ex-héroïnomane converti il y a huit mois en intervenant. Au voile qui embrume les yeux bruns du garçon, elle devine qu'il est malheureux. Or, elle aime les gens malheureux.

Le deuxième intervenant à se présenter se nomme Jos. Il est court et replet. Ex-héroïnomane comme le premier, lui aussi promu aide-thérapeute, il s'exprime avec le bagout d'un vendeur de voitures usagées. Tout en pérorant, il regarde souvent la directrice, comme s'il cherchait son approbation. Le gars veut un peu trop en imposer. Sous l'assurance verbale de Jos, Emma perçoit une mer d'insécurité. Ce n'est pas le cas de Mme la directrice qui semble boire les paroles de son intervenant. Aurait-elle un faible pour les vendeurs de voitures usagées ?

Suivent Josiane et Renée, deux thérapeutes diplômées sans aucun passé de consommation. Josiane – yeux bleus plantés dans un visage rond et un peu terne, cheveux coupés court – parle comme si elle récitait une leçon. Peut-être pas un deux de pique, se dit Emma, mais guère plus. Plus vive que sa collègue, plus intelligente aussi à en juger par ses propos, Renée, une brune de taille moyenne au physique de fille de campagne, ne cadre pas avec les lieux. Ça crève les yeux qu'elle et la directrice ne s'aiment pas.

Bon ! Voici que surviennent les crampes. Emma ne veut ni geindre ni grimacer. Elle s'applique à garder les yeux bien ouverts. Diane Clermont l'épie, prête à la tancer. Elle attend sa première faiblesse, la souhaite peut-être…

Emma ne craquera pas ce soir-là. Pour conserver le contrôle d'elle-même malgré sa souffrance, elle s'est enfermée dans une sorte de coquille. Elle entend des sons, des noms : Sophie, Paul, Roger… Elle devine qu'on accuse et qu'on s'accuse… Des mots comme des poings sur la gueule sont assénés à un dénommé Marc…

« Vous pouvez manger maintenant ! » lance la directrice.

Les confessions terminées, chacun se met à ingurgiter en silence sa platée. Quelques regards s'attardent sur l'assiette à laquelle Emma ne touche pas. Son voisin de table est obèse... et probablement affamé, étant donné la vitesse à laquelle il a englouti sa portion. Elle le pousse du coude, lui montre la sienne...

« Ici, Emma, on n'offre pas son plat ; on n'accepte pas le plat d'un autre ; on ne se ressert jamais. »

Jos s'adresse à la nouvelle venue mais c'est l'obèse qu'il regarde, et si pesamment que ce dernier courbe le front jusqu'à en frôler la table.

On l'a logée au rez-de-chaussée dans une chambre qu'elle partage avec deux autres filles. « Réveil à six heures », lui a lancé Jos avant qu'elle ne s'y rende. Pourquoi lui a-t-il dit ça ? L'ex-héroïnomane doit bien savoir qu'elle ne dormira pas.

4

En proie aux affres du manque, Emma s'est quand même assoupie. *Il lui semble qu'elle a peur depuis toujours. L'ombre est encore là qui la domine, la frôle. Un masque. Des lèvres s'écartent. Des crocs jaunes…* Elle crie…

« Tais-toi ! Tu vas réveiller tout le monde. »

C'est une tignasse rousse maintenant qui est penchée sur elle. Emma reconnaît Sophie qui leur a ouvert la veille. Les yeux verts scrutent la junkie en manque : un regard agacé sur fond de compassion. Junk égale vidanges, et on s'en éloigne vite en se bouchant le nez.

Emma est mouillée jusqu'aux os, comme après une douche. Sa couche est moite. Elle a mal partout. Elle se redresse sur le mince matelas de plastique recouvert d'un drap orné de fleurs que le temps et l'usure ont fanées.

La chambre est à droite de la cuisine. Elle et Sophie la partagent avec Lise, une maigre brunette au regard fuyant de souris. Une souris qui s'est exprimée hier soir, et que la directrice a félicitée publiquement d'avoir vanté avec une si belle ardeur les bienfaits de la thérapie à la nouvelle. La souris a rougi de contentement avant de baisser hypocritement la tête sous les regards de la tablée.

Au fait, où est-elle donc, la souris ?

Appuyée sur un bras, Emma a jeté un regard vers la couche de Lise : pas de souris. Effrayée par les cris, elle se serait enfuie ?

Sophie saisit Emma aux épaules. Elle la secoue.

« Lise est partie chercher Renée. Elle était blanche de trouille, encore plus laide que d'habitude. Tu n'arrêtais pas de crier. Tu as réveillé toute la maisonnée. Je ne comprends pas pourquoi Diane t'a acceptée. »

Tout à fait réveillée maintenant, Emma répond du tac au tac :

« Elle t'a bien acceptée. Pourquoi pas moi ?

— Je ne suis pas une junkie. Tout le monde sait qu'il n'y a rien à faire avec les junkies. Moi, je n'ai fait que sniffer de la coke.

— On peut au moins faire un intervenant d'un ex-junkie. La preuve : Serge et Jos.

— Stupide ! Jos n'a presque pas consommé. Il joue à l'ex-junkie…

— Et Serge ?

— C'est une tapette. »

Emma ne croit pas un mot de ce que vient d'affirmer Sophie. En Jos, sans aucun doute possible, elle a reconnu l'héroïnomane chevronné qui a décidé de prendre sa retraite. En Serge aussi d'ailleurs. Elle attribue le comportement un brin efféminé de ce dernier à une sensibilité à fleur de peau. Elle n'y voit pas tendance à l'homosexualité.

« Serge n'est pas une tapette. J'en suis certaine.

— Comment peux-tu en être sûre ?

— La façon dont il m'a regardée, hier soir.

— Tu te fais des accroires. Bon ! Essaie de souffrir en silence. Je sais bien que tu es en sevrage mais c'est ton problème ; nous, tu comprends, on s'en fout, on veut dormir. C'est bien assez qu'on me force à partager ta chambre. N'en remets pas. »

« Au royaume des aveugles, les borgnes sont rois. » Emma n'a jamais si bien senti la justesse de ce dicton. Qu'est un héroïnomane aux yeux d'un cocaïnomane qui se contente de fumer sa drogue ? Un junkie, c'est-à-dire de l'ordure. Celui qui, par curiosité, saisit un objet dans un tas de détritus, que fait-il après l'avoir inspecté, s'être pincé le nez, et l'avoir rejeté avec mépris ? Il s'essuie les mains, bien sûr, comme le fait actuellement Sophie. Elle frotte consciencieusement ses précieuses menottes roses sur cette serviette rose et propre, « à laquelle tu ne dois toucher en aucun cas, car je veux la garder propre », lui a-t-elle ordonné la veille.

Emma ne se sent plus la force de répliquer. Elle replonge dans ses draps qu'elle remonte par-dessus sa tête. Ce qu'elle souffre ! Tous les os lui font mal. Elle exècre ce maudit sevrage qui la réduit en esclavage !

Mais serait-elle en meilleur état qu'elle n'aurait peut-être pas polémiqué davantage. À quoi bon discuter ? Emma n'a que vingt-huit ans, mais l'héroïne, la vie dure, l'usure l'ont enrichie de la patiente sagesse des gens d'âge. Elle devine que Sophie, sous ses airs de « fille qui ne veut rien savoir », cache une nature franche et généreuse.

Malgré tout, Emma tente de garder le moral. Elle a toujours le goût de se battre. Le temps arrange les choses, se dit-on. Et on endure, et on courbe l'échine. Ce n'est pas le cas d'Emma qui ne se soumet que par obligation. Comme un boxeur au premier round, elle étudie la situation. Elle brûle d'envie de retrouver sa vie aventureuse en compagnie de l'être aimé. On l'en a séparée, elle trouvera bien le moyen de le rejoindre. La tête enfouie sous l'oreiller, elle s'évade en esprit. Jean-Marie lui lit Artaud, Nietzsche, Lévy. Elle ne gît plus sur son lit de douleur, mais chemine avenue du Mont-Royal avec son amant. Hier, ils ont couché à la belle étoile, ou dans une toilette de garage, ou sous un escalier. Peu importe la piaule à qui ne subit plus la gravitation terrestre. Ils ont dormi ensemble et un nouveau jour se lève sur leur liberté… Chemine-t-elle toujours avenue du Mont-Royal ? Tout est noir maintenant autour d'elle.

« N'aie pas peur. Je m'occupe de toi… »

Le regard de Renée est doux, comme celui de Jean-Marie.

« J'ai été infirmière, tu sais. Ma première vocation. On me défend de te donner des médicaments, mais je vais te masser. Avant tout, il faut changer tes draps. Sophie, tu en trouveras dans la garde-robe du corridor. »

À demi inconsciente, Emma ne s'est pas rendu compte du retour de Lise. La souris, qui semble marcher au zèle devant l'intervenante, a tiré une chaise près du lit. On y assoit la nouvelle. Pendant que Renée masse la nuque et les épaules de la malade, Lise et Sophie refont son lit.

Mais où est donc passée Renée ? Emma cherche le regard de l'intervenante ; elle ne sent plus ses mains sur sa nuque. Se serait-elle évanouie ? A-t-elle dormi ? Chose sûre, elle est de nouveau couchée. Les crampes reviennent, la replongent à la limite de l'inconscience. Elle essaie de ne pas gémir, mais n'y parvient pas.

Dans un pareil état, il lui est arrivé de dégueuler sur les genoux de Jean-Marie. Doucement, sans dire un mot, il essuyait ses vomissures. Et ils reprenaient leur conversation. « Ma ! Je suis bien près de toi », avait-il coutume de lui dire. Ma ! Alors qu'il la dépassait par l'âge encore plus que par la taille.

Cette nuit infernale n'en finit plus de finir. Emma serre les dents. Elle recrée Prince en pensée, s'accroche à cette image. Malgré les affres de la douleur, surgissent des réminiscences du temps où le temps était plein. L'époque des risques pris à deux pour se procurer leur ration quotidienne de came.

Voici enfin le matin. Pour un junkie, chaque matin est comme un début du monde. Emma a la gorge sèche et enflée, sa peau brûle, ses os sont rompus. N'empêche : sa première nuit d'enfer est bel et bien terminée ! Elle tire sa maigre carcasse hors du lit, regarde par la fenêtre : un gris d'avant pluie. Sale temps, sale gueule, se dit-elle. Bon ! elle s'attaque au lit, qu'elle refait comme elle peut, c'est-à-dire à la va comme je te pousse. Elle a affreusement mal, mais serre les dents.

La souris est habillée. Son lit est tiré au cordeau, comme celui de Sophie. Avant de sortir, elle lance : « Je me sauve. Aujourd'hui, c'est moi qui dois préparer le café. J'ai cinq minutes de retard. Pas trop mal pour quelqu'un qui n'a presque pas dormi. Je t'ai entendue geindre toute la nuit. » À peine la porte refermée sur leur cochambreuse, Sophie s'affaire nerveusement à retaper le lit d'Emma.

« Ton lit doit être fait à la perfection. Jos est de garde aujourd'hui. Aucun détail ne lui échappe. Il t'aurait privée de ta cigarette du matin. Il m'aurait aussi punie pour ne pas t'avoir avertie.

– La cigarette du matin ?

– Nous n'avons droit qu'à deux cigarettes par jour. Matin et soir. Ne dis à personne que je t'ai aidée. Jos nous punirait toutes les deux.

– Si je te comprends bien, quoi qu'on fasse, on est toujours puni ?

– Et même pour ce qu'on ne fait pas. »

Sur ces entrefaites, la porte s'ouvre sur Jos. À peine a-t-il frappé.

« Vous retardez tout le monde. La distribution des tâches de la journée se fait à 6 h 15. Or, il est 6 h 30 passées. Je comptais sur toi, Sophie, pour renseigner la nouvelle… »

Tout en parlant, il inspecte la pièce. Son regard s'arrête sur le lit d'Emma, à la recherche d'un faux pli. Il a l'air déçu.

« A-t-on aidé Emma à faire son lit ? »

Sophie se tait prudemment. Emma s'empresse de répondre à sa place :

« Je me sens un peu mieux, ce matin. Et puis, je déteste qu'on m'aide.

– Tiens, tiens ! Nous avons affaire à une courageuse… à moins que ce soit une « sauveteuse » et une menteuse. Nous vérifierons cela plus tard. En attendant, ma chère Emma, tu ferais mieux de finir de t'habiller en vitesse : tu as deux minutes pour rejoindre les autres. Quant à toi, Sophie, suis-moi, j'ai à te parler en privé. »

Ceci dit, il sort, Sophie sur ses talons. Le gars est-il naturellement effronté ? Ou est-ce le thérapeute qui applique une méthode particulière ? Emma approfondira la question en temps et lieu. Pour l'heure, malgré les crampes qui la tenaillent, elle termine sa toilette en vitesse et se précipite vers la salle à manger.

Une héroïnomane en manque est une curiosité pour ces adeptes de la coke. Assis autour de la table, ils ont guetté son entrée et accompagné de leurs yeux sa démarche chancelante vers la chaise vide. « Il ne m'arrive pas souvent d'accepter un héroïnomane, lui a dit Diane, la veille. En cela, j'imite la plupart des centres de thérapie. Les subventions gouvernementales sont proportionnelles à notre taux de réussite. Nous ne tenons pas à nous tirer dans le pied. Déjà que j'ai accepté Serge et Jos… »

« Mais tu les as quand même promus intervenants », lui a répliqué Emma… mentalement. Trônant au bout de la table, Serge à sa gauche, Jos distribue les tâches et annonce le programme de la journée. Emma hérite entre autres du nettoyage de la salle de bain du rez-de-chaussée. Suivront le déjeuner et une thérapie de groupe sous la tutelle de Renée.

Emma a peine à se concentrer, comprend mal ce que l'autre dit. Elle saisit cependant qu'en fin de soirée on fera le bilan de la journée. Pour sa gouverne, et en guise de rappel pour les autres, tombe aussi une litanie d'interdits. Emma en conclut que, hormis le sommeil, rien n'est permis après l'extinction des feux. Et bien peu avant.

Elle tient vaillamment jusqu'après le dîner, alors que Serge la surprend, courbée sur le bol de toilette, en train de vomir.

« Va dans ta chambre et couche-toi. Je me charge de Jos. »

Paroles surprenantes. Après le déjeuner, Sophie lui a soufflé : « Je te préviens, tu vas y goûter ! Il n'y a pas que Diane. Tous les intervenants sont sans cœur. » L'exception, bien sûr, confirme la règle. N'empêche. Le geste de Serge arrache à Emma des soupirs de gratitude.

Ils sont à nouveau réunis dans la grande salle pour le souper. Jos interroge l'assemblée :

« Que pensez-vous de quelqu'un qui affirme avoir accompli ce qu'un autre a fait, pour le sauver d'une punition ? »

Et tous, avec des mots parfois très durs, de qualifier d'inacceptable la conduite d'Emma. Lise prend un plaisir évident à souligner qu'au matin, à son départ de la chambre, la nouvelle s'est contentée d'étendre négligemment draps et couvertures sur son lit plutôt que de les bien lisser, comme l'exige le règlement du Centre. Mais le pire moment pour Emma, c'est celui où Sophie, pour qui elle a éprouvé une sympathie spontanée, l'accuse de l'avoir mise dans le trouble.

« Une personne équilibrée n'agit pas ainsi, conclut Jos. Les gestes gratuits sont rares. Ordinairement, on sauve quelqu'un pour en retirer un bénéfice, même si c'est inconscient. »

Personne ne proteste. Tous semblent d'accord. Comment cela se peut-il ? Emma n'a vu nulle part ailleurs une si belle unanimité dans l'approbation de propos aussi ineptes. Des hypocrites ? Peut-être pas. Des bêtes effarouchées, plutôt, soumises au bon vouloir du chef du troupeau. La terreur ne se vit pas que dans les États totalitaires.

Du bout de sa fourchette, Emma joue avec son filet de poisson et sa pomme de terre. Un souper pour ascètes, ce dont elle se fiche éperdument, vu son manque d'appétit. Son regard parcourt l'assemblée. Les mines frustrées trahissent les estomacs insatisfaits. Elle regarde

Marc, l'obèse. On l'a fortement sermonné ce matin, au cours d'un « tour de table » semblable à celui qu'elle vient de subir. Elle anticipe moult tours de table à venir, d'interminables palabres où chacun, à tour de rôle, après s'être abaissé jusqu'à embrasser le plancher, s'empressera de dénoncer son voisin. Malheur aux vaincus ! Elle devra, elle aussi, passer de multiples fois sous le joug. Elle en veut au procureur de la couronne, au juge, à Me Barbille, qui, sous prétexte de lui venir en aide, l'ont envoyée ici. Vu l'importance de leurs émoluments, elle se dit qu'ils ne peuvent plaider l'ignorance ou faire preuve d'un manque de jugement aussi manifeste. « Nul n'est censé ignorer la loi », ont coutume de répéter les gens de robe. « Nul n'a le droit de fermer les yeux sur des méthodes de rééducation infâmes ! » aimerait-elle leur crier. Pourra-t-elle sortir de ce cloaque immonde avant d'être irrémédiablement salie ? Au secours, Jean-Marie ! Viens chercher ta Ma !

Un cri qu'Emma lancera des milliers de fois, les nuits de son sevrage, car on ne dort pas vraiment quand les affres du manque vous tenaillent.

Emma croupit à Nuit et Jour depuis plus de deux semaines. Son sevrage est terminé, mais, si son corps peut enfin se reposer, son âme demeure plus lasse que jamais. Tout, en ce lieu qu'elle déteste, lui semble vide de sens. On lui parle de se reconstruire une vie comme celle qu'elle a quittée avec bonheur lorsqu'elle a connu Jean-Marie, on prône une réinsertion au carré et sans fenêtres. Emma a besoin d'air ! La Vérité que prône la directrice l'étouffe. Madame estime qu'une opinion qui diffère de la sienne n'est bonne que pour la poubelle. Quant à l'art, la philosophie et toutes ces choses compliquées, comment voulez-vous qu'ils trouvent place dans un cerveau somme toute modeste qu'occupe déjà la Vérité ? Pour Diane, ces niaiseries sont des « empêcheuses » de guérison.

À Nuit et Jour, on ne communique pas et chacun se méfie de tous les autres. La parole d'un intervenant est sacrée et son autorité, absolue ; on lui obéit au doigt et à l'œil. Bien sûr, ça, c'est la surface. Au fond, chacun met tout en œuvre pour ficher le camp au plus sacrant.

Malgré les durs propos de Sophie envers les junkies, Emma a quand même espéré s'en faire, à défaut d'une amie, du moins une confidente. Maintenant, elle se rend compte de son erreur. L'autre ne lui parle plus, fait comme si elle n'existait pas. Quant à Renée, son assistance de la première nuit fut une belle exception. Comment se confier à celle que l'on voit si peu ? Renée dirige quelques thérapies de groupe et se terre dans sa chambre dès les séances terminées. Sa tête et ses intérêts sont ailleurs. Serge, lui, longe les murs ou bien reste prostré dans un coin. Du fait de sa timidité maladive, on ne tient aucun compte de son opinion. Il en va de même pour Josiane qui se distingue par son insignifiance. En fait, résidants et intervenants marchent au pas, suivent le rythme imposé par Diane et Jos.

Jean-Marie lui manque. Avec son amant, elle n'était pas seule. La vie lui était aventure, quête d'absolu. Ils partageaient tout, vivaient d'un même souffle. Penser à Prince lui fait de plus en plus mal. Elle est prise au piège des règles d'une société qui tend à uniformiser les gens. La drogue aussi lui manque. Elle aspire au repos. Qu'on la laisse donc dormir. Va-t-on, un jour, lui foutre la paix ?

5

Emma porte un cahier accroché à son cou.

Il fait beau. Le soleil chatoie sur l'eau et dessine des motifs. L'été est enfin arrivé. Assis sur un sable rare, les résidants profitent d'un break. Ils contemplent le lac. Marc est absent, confiné dans sa chambre par Diane. Jos et Serge sont aux aguets, prêts à tancer qui oserait commettre la moindre vétille au cours de cette pause cigarette du matin : quinze minutes d'oisiveté contrôlée. Ils ne sont pas en vacances.

À l'insu des deux intervenants, Emma a retiré de son cou le cahier équipé d'un lacet qu'elle doit porter en tout temps. Avant d'ouvrir la bouche pour énoncer quoi que ce soit, peu importe le moment ou le lieu, elle doit y noter la phrase suivante : *Je dois d'abord penser à moi !* C'est le « moyen » imposé aux sauveteurs récidivistes, ces faux altruistes selon la théorie en vigueur au Centre, pour les corriger de cette attitude malsaine. « Quand vas-tu comprendre que tu dois te regarder, toi, avant de penser aux autres ? Tu ne cherches qu'à te faire aimer et bien voir », lui a dit Diane en le lui remettant. Pour l'instant, Emma se fout de la directrice et de ses ordres. Elle n'en peut plus : comment vivre sans Jean-Marie ? Et l'atmosphère ! Bon Dieu ! l'atmosphère méphitique de l'endroit ! Elle l'use peu à peu, l'érode comme le ferait un cauchemar perpétuel.

Emma entre en elle-même, rêvasse. Elle imagine un cotre aux voiles rouges qui s'approche du rivage. Vêtu d'une gandoura blanche, Prince tient le gouvernail. Il se dresse dans le cockpit, lui envoie la main. Il lui crie quelque chose que le bruit du ressac l'empêche d'entendre.

« Emma ! où as-tu mis ton cahier ? » hurle Jos.

Hélas ! Les rêves, même éveillés, connaissent souvent une fin abrupte et prosaïque. Elle enlève le caillou de dessus le cahier et raccroche celui-ci à son cou. Satisfait, Jos continue sa discussion avec l'ineffable Roger. Jos parle comme prêtre en chaire. Il sait que les autres l'écoutent également.

« Comprends-moi bien, Roger… »

Jos prêche la bonne nouvelle à cette brute métamorphosée en agneau par les bons soins de Diane. Après quinze mois d'endoctrinement intensif, le fier Sicambre, l'ex-chef d'une bande de truands, a perdu la capacité de penser par lui-même. Diane ou un de ses acolytes lui annoncerait que la Terre est plate qu'il le croirait.

« Nous agissons ainsi pour le bien de tous, poursuit Jos. Si je t'en parle, Roger, c'est que je sais que tu es devenu responsable. C'est pour ça qu'on vient de te nommer inspecteur des tâches… »

Et l'autre de hocher la tête en guise d'approbation et pour le grand plaisir d'un Jos qui n'en revient pas de dominer, ne serait-ce qu'intellectuellement, une brute qui le dépasse d'une bonne tête lorsqu'ils sont debout. En ce moment, ils sont avachis sur le sable, Roger sur le dos et les mains derrière la nuque, Jos appuyé sur un coude, ce qui lui permet d'être en position de supériorité.

« Tu verras bien, quand tu seras au Transit. »

« Tiens, tiens ! » se dit Emma qui vient d'apprendre quelque chose d'important : l'endroit mythique pour « thérapistes » en phase de convalescence existerait vraiment. Diane leur en avait bien glissé un mot, mais personne n'avait vu quiconque en prendre le chemin. Comment croire au père Noël si le bas reste vide ? Selon la directrice, le Transit est une sorte de purgatoire où l'ex-toxicomane achève sa purification.

Transit ou pas, Emma s'en fout. C'est Jean-Marie qui occupe ses pensées. Par l'intermédiaire de Me Barbille, elle aurait bien voulu le contacter, mais il n'y a qu'un téléphone au Centre, dans le bureau de Diane, qui plus est. Le courrier ? Oubliez ça ! Interdiction d'écrire et sévère censure de ce qui entre. Si je n'ai reçu jusqu'ici aucune lettre de Prince, se dit Emma, c'est que Diane les garde dans son bureau. « Pourquoi ne me répond-elle pas ? » doit se demander Jean-Marie. Peut-il concevoir qu'un centre de thérapie applique de telles méthodes ? Tente-t-il de se renseigner ? Croit-il qu'elle ne veut plus le voir ? Emma angoisse tellement qu'elle ne peut terminer sa cigarette. La même angoisse qui l'a poussée à la consommation et conduite en enfer. Un enfer baptisé Nuit et Jour. Maudite angoisse qui l'habite en permanence ! En trouvera-t-elle un jour l'origine ?

On l'éclabousse. Ce sont Paul et Sophie. Ils s'ébattent dans le lac. Depuis quelques jours, Sophie ne jure plus que par Paul. Profitant de l'absence de Diane, la rouquine porte un maillot vert qui peut à peine contenir toute sa sensualité. Un maillot vert plein à craquer sous des yeux presque aussi verts.

Emma ouvre son « cahier-pendentif », encore vierge d'écriture. Du bout des doigts, elle fait bruire les feuilles tout en contemplant ses compagnons et en songeant à Marc.

Hier, au souper, on l'a traité de gros cochon. La nuit précédente, Jos l'avait surpris à voler des biscuits dans le garde-manger. L'obèse a rougi d'humiliation, puis, de colère, s'est écrié : « J'étais plus libre en prison. Là-bas, on me respectait ! » Afin qu'il réfléchisse à son éclat et ait le loisir de s'en repentir, Diane l'a confiné à la chambre d'isolement pour quelques jours. Il ne doit en sortir sous aucun prétexte. Ses repas, on les lui apporte. L'isolement est habituellement infligé à ceux qui manifestent le désir de quitter le Centre. Pour mûrir leur décision, leur dit-on. Si leur volonté de partir résiste au traitement, ils doivent ensuite se justifier devant Diane, les autres intervenants et la meute des résidants. Et c'est seulement après s'être fait royalement houspiller qu'ils peuvent, la tête enfin haute, quitter l'enfer de Nuit et Jour, la plupart du temps, pour la prison. Ne se sont-ils pas placés en bris de condition ? Aussi préfère-t-on fuir.

Lors de la séance où fut analysé le vol des biscuits, Emma a osé prendre la défense de Marc, déclarant que ce n'était peut-être pas le genre de thérapie qui lui convenait. Depuis, elle doit porter ce maudit cahier au cou.

Sophie et Paul ont atteint la bouée. Ils rebroussent chemin. Ils nagent nonchalamment sur le dos.

Paul a vingt-trois ans. C'est un adepte du body-building. Pour pouvoir augmenter le temps consacré à la musculation, il a utilisé une certaine poudre blanche dont il est devenu rapidement l'esclave. Au Centre depuis quatre mois, il jouit d'un statut spécial : aucune punition et jamais vraiment malmené. Cet apollon blondinet a un père riche et influent, dit-on. En femme d'affaires avisée, Diane aura jugé bon de le ménager. Le supposé traitement égalitaire, c'est pour la galerie !

Le lac attire Emma. Il reste cinq minutes de pause, tout juste le temps d'une trempette, le temps de se rendre jusqu'à la bouée et de revenir. De nouveau elle enlève son cahier et se précipite vers la fraîcheur.

L'onde est froide, presque glacée. N'empêche, on s'y habitue vite. Elle nage sous l'eau aussi longtemps que possible. Ce qu'on y est en paix ! Déjà la bouée. Elle s'y accroche, jette un regard vers la rive. Ils sont tous là, à la regarder. Jos gesticule, pointe du doigt cahier et crayon qu'elle a laissés sur la grève. Croyait-il qu'elle le porterait au cou même pour aller dans l'eau ? Serge lui fait signe de revenir. Pour les narguer, elle prend la direction du large. Serge plonge dans le lac, la rejoint vite, l'attrape par une cheville. Il la regarde sévèrement. Nageant de conserve, ils rejoignent la rive où Jos s'en prend maintenant à une Sophie en larmes, ce qui fait qu'on oublie Emma.

« Ici, ce n'est pas comme d'où tu viens, crache Jos d'un ton cinglant. On ne joue pas à la putain ici ! On est décent ici ! T'ennuies-tu de ton trottoir ? Va te changer en vitesse. On analysera ta conduite au souper. »

Emma regarde Paul. Va-t-il intervenir ? Il baisse plutôt la tête. Le beau Roméo n'en mène pas large. Gros muscles, mais petit courage. Jos ne lui jette même pas un coup d'œil. Diane lui a-t-elle dit qu'il était intouchable ? Sophie, elle, est partie à la course. À grands pas, les intervenants se dirigent vers le terrain de volley-ball.

Affalée sur son lit, Sophie pleure. Emma effleure de ses doigts les paupières mouillées. L'autre ne la repousse pas. Debout près de la commode, Lise est aux aguets, espérant l'erreur. Emma ne lui fera pas ce cadeau.

Elle ouvre son cahier, écrit : *Je dois d'abord penser à moi*, bien qu'elle ait décidé de penser avant tout à l'autre.

« Tu connais Jos. La fée Délicatesse n'a pas présidé à sa naissance, dit Emma.

— Ce n'est pas Jos. C'est Paul…

— Oublie-le. Il t'offre une peine d'amour qui n'en vaut pas la peine. »

En prononçant cette phrase, Emma pense à Prince. Leur union qui dure depuis sept ans est indestructible. Ainsi en est-il des loups du Grand Nord canadien : mâle et femelle marchent épaule contre épaule. Ils parcourent les bois, chassent et vivent d'un souffle commun jusqu'à la mort de l'un d'eux. Emma est une louve et Prince, son loup. Pour toujours. Rien à voir avec l'intrigue éphémère entre Paul et Sophie. « Éphémère ? Peut-être pas pour Sophie, se dit Emma, mais elle se trompe. »

Mais voilà que la rouquine se met à crier : « Je n'en peux plus ! Je veux partir, m'en aller ! »

Lise affiche un air scandalisé. Elle s'approche, pose un doigt sur sa bouche.

« Chut ! Fais attention. On pourrait t'entendre. Au fond, Jos a raison, c'est pour ton bien qu'il…

— Ta gueule ! » hurle Sophie.

Lise recule, tremble et s'éclipse hors de la chambre. Lise la faible, Lise la minable, Lise la veule. Lise prête à tout accepter tant elle a peur des autres. Lise si trouillarde qu'elle vendrait sa mère pour s'éviter des réprimandes.

Emma console Sophie et la convainc de se rendre sur le terrain de volley-ball. Elle revêt un jean lâche et un chandail extra-large puis s'apprête à sortir. Il était temps, car on cogne à la porte. C'est Jos.

« Dépêchez-vous, les filles. Vous devriez déjà être sur le terrain ! »

Seigneur ! La directrice est de retour. Et voilà qu'elle lance rageusement le ballon dans le filet.

« Vous êtes en retard ! »

On ne réplique pas à Diane. Aussi se hâtent-elles de prendre place pour une autre de ces éprouvantes et – paraît-il – formatrices parties de volley-ball. Une joute va commencer où sera analysé et commenté chacun de leurs gestes.

À peine le ballon est-il en jeu que déjà retentit le sifflet. « Emma ! Ce que tu peux être égoïste ! On n'entre pas dans l'aire de son coéquipier. On ne joue pas à sa place ! » Quelqu'un s'élance-t-il sur le ballon qu'un autre va rater ? le voilà traité de sauveteur. Le laisse-t-il le manquer ? il est devenu un lâche, incapable de réagir correctement devant un petit défi de rien du tout. Sifflet : « Paul ! Cesse de faire le macho et concentre-toi sur le jeu ! » Sifflet.

« Sophie ! Tu joues bien à la pute, mais tu ne sais même pas envoyer un ballon ! » Sifflet.

« Emma ! Te rends-tu compte que tu essaies de protéger les autres ? Cesse de vouloir te faire aimer à tout prix ! » Sifflet.

« Serge ! Toi qui dois donner l'exemple ! Arrête de jouer comme une pédale. » C'est qu'elle ne ménage personne, la Diane. Sauf, bien sûr, son cher Jos. « Montre-leur, Jos ! » Et ce dernier de se surpasser devant une patronne ébaubie.

Qu'il pleuve ou vente, ils subissent quotidiennement ces moments de détente volleyballistique. Tous les lundis et vendredis, ils ont droit au lac durant une période de quinze minutes. Là non plus, ce n'est pas une activité gratuite. Au Centre Nuit et Jour, jeux, corvées, repas, tout, sauf le sommeil, est accompli dans un but thérapeutique. Après quelques mois de ce régime, les résidants sont complètement dépersonnalisés. Reste à les rebâtir pour en faire « des gens acceptables pour la société ».

Ce programme, Emma a du mal à le comprendre et c'est contre son gré qu'elle le subit. Toute à sa révolte, il lui arrive de vouloir crier : « Qu'est-ce que ce cirque ? » Mais elle se tait, et subit... comme tous les autres. Peut-être pensent-ils comme elle, mais, comme elle, ils se taisent. Comme elle, ils se conforment. Surtout ne pas déranger ! Ainsi parvient-on à glaner, ici et là, quelques minutes de paix en attendant le jour lointain, mais béni, où l'on pourra foutre le camp.

La partie de volley-ball est enfin terminée. C'est l'heure de la douche. Les cabines des filles sont au rez-de-chaussée, celles des gars à l'étage.

« Où est donc passée Sophie ? » se demande Emma. Elle ne l'a pas vue à la douche obligatoire et elle n'est pas retournée dans leur chambre. Surgit Renée, la thérapeute, qui vient pour l'inspection des serviettes. Ainsi vérifie-t-on qui a pris sa douche. Emma se reproche de n'avoir pas mouillé la serviette de Sophie.

« Où est Sophie ? » demande Renée.

Lise et Emma haussent les épaules. Renée se dirige vers l'armoire de l'absente, y farfouille, trouve la serviette… sèche. Elle sort en claquant la porte.

« Sophie va avoir de gros problèmes, c'est bien fait pour elle », lance la souris d'une voix méchante.

Après un griffonnage rapide dans le fameux cahier, Emma répond : « Ta gueule ! » Puis elle sort en quatrième vitesse, croyant savoir où se trouve la rouquine.

L'étage est un pays interdit aux filles sauf pour se rendre à la salle de thérapie. Emma passe devant les cabines de douche des hommes, ralentit le pas, écoute attentivement et entend Roger parler à François. Puis, enfin, elle perçoit la voix de Sophie en provenance de la deuxième cabine. Emma s'approche un peu plus. La rouquine demande à Paul :

« On part ensemble ?

— Es-tu folle ? Tu vas nous mettre dans le trouble. Et puis, arrête de t'accrocher à moi. »

Sanglots.

Emma s'apprête à ouvrir la porte lorsqu'une main sèche se pose sur la sienne. Elle se retourne et fait face à Diane. Les yeux moqueurs de la directrice sont plantés dans les siens.

6

Des murs bleus, un tapis bleu. Pour l'heure, le « salon bleu » est un prétoire : les criminels, Sophie, Paul et Emma, sont assis par terre ; les résidants-jurés occupent des chaises et le divan bleu. Le souffle court, ils attendent Mme la juge et procureure de la couronne, Mme la flic qui a surpris Emma tout à l'heure à l'étage interdit et, du même coup, a pincé Paul et Sophie en conversation et intimité illégales. Il n'y a pas d'avocat de la défense, car aucune défense n'est prévue.

On attend Madame en silence. Seuls parlent les yeux des jurés cherchant ceux des accusés qu'ils vont juger : la cause est déjà entendue, le verdict connu. Regards discrets de Marc qui se retient de ne pas trop afficher sa compassion pour la sauveteuse qui l'a défendu après le vol de biscuits. Au Centre, il n'est pas bon de montrer sa sympathie pour autrui. Par-dessus l'épaule d'Emma, Paul lance des œillades meurtrières à une Sophie qui les ignore avec un dédain ostensible.

Sur l'unique causeuse, bleue elle aussi, Serge et Jos échangent à voix basse des propos aussi graves que les circonstances.

De temps à autre, un accusé ou un des jurés jette un regard craintif en direction du fauteuil vide et bleu de Madame.

Le ronronnement d'un moteur, le crissement de pneus sur le gravier de l'allée.

Serge et Jos coupent court à leur entretien. Tous fixent le seuil de la porte qu'*elle* franchit à grandes enjambées. Comme, selon ses instructions, on a fait asseoir les coupables par terre, Mme la juge les repère facilement. Elle les toise du haut de ses cinq pieds et des poussières. Un long moment, Madame savoure l'instant. Enfin, elle daigne ouvrir la bouche.

« Paul et Sophie voient dans un centre de thérapie un lieu d'échanges non exclusivement verbaux. Pour notre instruction, ils vont nous raconter ce qu'ils ont bien pu apprendre dans les bras l'un de l'autre qui hâtera leur guérison. Tu as la parole, Paul. »

L'interpellé rougit. Il répond sur un ton où une goutte de défi se noie dans un océan de servilité.

« Heu… J'ai eu un gros problème de coke à cause de mon entraînement, mais je commence à m'en sortir. C'est vrai que j'aime les filles. Heu… C'est normal à mon âge. Ce n'est pas de ma faute… Heu… Sophie me tourne autour depuis que je suis ici… Heu… »

Et voilà le gars parti à se raconter en long et à se justifier en large. Il est bien bâti, il est beau, pas trop mal de sa personne, quoi ; et puis, il est né avec une cuiller d'argent dans la bouche. Ça ne l'a pas aidé. La vie n'est pas toujours rose pour un nanti. Son problème : les filles. Elles n'arrêtent pas de lui courir après. N'existent pas que les harceleurs, vous savez. Il y a aussi les harceleuses. Elles sont pires que les gars. Lui, pour l'instant, il en a un peu marre des filles. C'est librement qu'il est venu au Centre Nuit et Jour. Il est sérieux dans sa démarche, il veut réellement guérir de sa toxicomanie.

De grandes choses l'attendent : une famille à fonder, une usine à gérer lorsque son père, dont il deviendra en quelque sorte le bâton de vieillesse, lui en passera les rênes. Alors les filles, vous savez… ! Il ne cherche pas les histoires et tient à ce qu'on lui fiche la paix. Et d'ajouter :

« Heu… Demandez à Emma. Elle a écouté quand je parlais avec Sophie. J'ai été très clair. Heu… Je veux qu'elle me laisse tranquille ! »

Plus veule que ça, tu meurs.

Sophie, elle, pleure.

Emma rage. Les derniers temps elle a bel et bien surpris le manège de Paul avec la rouquine : frôlements dans les corridors, caresses, baisers furtifs ; et l'ouïe fine d'Emma a perçu les roucoulements du Roméo.

Paul a fini de s'apitoyer sur son sort. Il n'a pas avoué ce que tout le monde sait pourtant. Aucune allusion à la jeune fille qu'il a frappée et blessée gravement alors que, gelé comme une banquise, il conduisait la voiture paternelle. Pas un mot de la lourde peine de prison dont il écopera s'il rate sa thérapie, ou si Diane Clermont estime qu'il a raté sa thérapie et l'affirme en cour.

Madame va-t-elle lui mettre cette omission sous le nez ? Pour quelque raison d'État… et de finance elle s'en abstient. Elle se tourne plutôt vers Sophie qu'elle regarde de haut.

« Tu as entendu Paul. Qu'en dis-tu ?

– Je ne sais pas… Je croyais que Paul m'aimait. »

Sophie a bredouillé ces quelques mots que tous ont pourtant bien entendus. Mais Diane fait celle qui n'a pas compris.

« Répète ! Et parle distinctement, cette fois ! »

— Je ne fais rien de mal.

— Ça alors ! »

Mme la juge fait quelques pas de côté, revient, repart. Elle lève si haut le menton qu'elle semble tout à coup jouir d'une taille respectable. C'est à tous qu'elle s'adresse maintenant.

« Vous avez entendu ? Mademoiselle prétend ne rien faire de mal. »

Puis elle s'arrête devant Sophie, penche la tête, la fixe durement.

« Et ta consommation ? Tes jeux de pute ? Est-ce bien ? Ose te regarder ! Enlève tes lunettes roses quand tu te mires ! Aie le courage de te voir telle que tu es. Depuis belle lurette, tu charmes et manipules les hommes, et tu continues. "Je ne fais rien de mal." Mensonge ! Tu mens depuis ton arrivée ici. Tu te diriges tout droit vers une re-chute. Regarde-toi, vomis et change ! Fais une femme de toi. Tu es plus qu'un cul. »

Eh oui ! Ainsi cause Mme la directrice du Centre de thérapie Nuit et Jour lorsqu'elle laisse parler son cœur. Emma a envie de dégueuler.

« Quant à toi, Paul, cesse de jouer les innocents. Tu t'es bel et bien laissé embobiner. Tu es une vic-time consentante. Bon ! Tu es ici depuis peu. Ce n'est pas une excuse, mais… Écoute bien et fais ton miel de ce qui sera dit dans les prochaines minutes. Ap-prends combien intéressées sont souvent les relations humaines. Cette fois-ci, il ne sera question que de Sophie et Emma. Mais ton tour viendra si tu ne changes pas. »

À la mention de son nom, Emma a relevé la tête. L'autre s'en est aperçu.

« Eh oui ! Emma qui passe outre au règlement pour soi-disant aider Sophie, Emma la sauveteuse qui croit poser un geste altruiste et gratuit alors qu'elle ne cherche qu'à se faire bien voir des autres, Emma la complice d'un forfait pour plaire à sa cochambreuse. »

En entendant ces derniers mots, Sophie sursaute. Elle aime bien Emma, mais ses préjugés sont tenaces : pour elle, les junkies sont tout juste bons pour la poubelle. C'est presque un cri qui sort de la bouche de Sophie :

« Nous ne sommes pas complices ! Je déteste les junkies ! »

Emma reçoit l'outrage comme un coup de poignard en plein cœur.

« Silence, Sophie ! Écoute plutôt ce que les autres pensent de toi. »

Commence alors un jeu de massacre où la pauvre Sophie est livrée aux crocs d'accusateurs eux-mêmes assaillis par la meute hier, ou avant-hier ou le jour précédent et bien des fois avant ; et qui le seront demain ou après-demain ou le jour suivant, mais, de toutes façons, maintes et maintes fois encore. Les loups se mangent entre eux et la louve salive. Psychologie ignoble, qui avilit plutôt que de soigner.

Au tour d'Emma maintenant de passer dans le moulin à viande. Ça commence par une égratignure de Lise, la pleutre.

« Tu me déçois beaucoup, Emma. Sophie ne pense qu'à aguicher les hommes. Comment ne t'en es-tu pas aperçue ? L'aider, c'est entrer dans son jeu, c'est l'emmener vers un trottoir qui l'attire encore. Il est vrai que tu n'es ici que depuis peu. Comme Paul. »

Lise a ménagé Paul. Est-ce pour plaire à Diane ou bien aurait-elle à son tour succombé aux charmes de l'adonis ? se demande Emma avant de s'avouer qu'elle aussi fabule peut-être. Rien d'étonnant que, dans ce milieu infect, elle ait attrapé le virus ambiant : cette propension à prêter au moindre geste ou parole d'autrui les intentions les plus basses. La voix de Jos la ramène sur la sellette où elle subit l'infamie :

« Je connais les junkies, puisque j'en étais un... »

Devant l'attaque qui s'amorce, Emma se durcit. Ne te gêne pas, Jos ! ma carapace est solide.

« J'étais comme toi, Emma. J'appartenais à une sorte d'élite, je regardais le monde du haut de mon lampadaire. Adepte d'une drogue que je jugeais supérieure parce que surtout prisée par les intellectuels, je me prenais pour un autre. J'étais comme toi, Emma : snob ! Emma la sauveteuse ? Foutaise. Emma la vaniteuse, plutôt... Aussi pleine d'elle-même que je l'étais de moi-même dans le temps. »

L'ex-vaniteux converti pérore ainsi pendant un long moment, répétant *ad nauseam* son affirmation première. Serge lui succède, qui assène les mêmes « vérités », mais sur un tout autre ton : « Tu sais, Emma, moi aussi je me glorifiais de consommer une drogue spéciale jusqu'à ce que je découvre que c'est moi qui suis spécial. Tu es unique, Emma, ne l'oublie jamais. » Des paroles qui sont comme des clins d'œil. Puis vient le tour des autres, de tous les autres, car tous doivent obligatoirement parler. Après la dernière diatribe, Diane se lève pour prononcer la sentence.

« Parce que tu ne me sembles pas avoir beaucoup progressé dans la connaissance de toi-même, Emma, même après le moyen que je t'ai fourni, j'estime de mon devoir de stimuler un peu ta lente progression vers la vérité. À compter de maintenant, et pour les deux prochains jours, il est permis à tous les résidants de te faire toutes les remarques qu'ils jugeront pertinentes, et ce partout où ils te rencontreront. Et non seulement je t'interdis de leur répondre, mais aussi de leur adresser la moindre parole. En cas de besoin, tu verras un intervenant. »

Emma a le goût de répliquer : « Je n'en ai rien à foutre de ta sentence. » Mais depuis qu'elle n'a plus la béquille de l'héroïne, elle a appris à subir. Plutôt que de se révolter, elle écoute Diane infliger une peine à une deuxième victime.

« Et toi, Sophie, tu es confinée à la chambre d'isolement pour les cinq prochains jours. Cela te permettra de mesurer la gravité de ton jeu de séduction. Tu nous présenteras les fruits de ta réflexion lors d'un prochain meeting où tu porteras le même maillot vert pute que cet après-midi. Et c'est aussi dans cet accoutrement que tu nous entendras te dire une fois de plus ce que nous pensons de toi. »

Pour se faire pardonner son cri du cœur et alors que Diane regarde ailleurs, Sophie a un instant appuyé sa tête sur l'épaule d'Emma. Touchée par ce geste, Emma veut bien oublier les dures paroles de la rouquine à l'égard des héroïnomanes. Sororité des condamnées devant leur juge.

Surgit à nouveau l'angoisse qui lui vrille le cœur. Et si Diane la coupait pour toujours de Jean-Marie ? Sortira-t-elle jamais d'ici ? Toujours... jamais... toujours rester, jamais sortir : c'est ce que dit le tic-tac de l'horloge en enfer.

Non, ce n'est pas tout à fait l'enfer, puisque Marc se permet un geste de compassion envers Sophie. À leur sortie du salon bleu, il pose sa main sur son épaule. La directrice le voit et s'écrie :

« Marc ! Hypocrite ! Je t'ai vu. Comment peux-tu essayer de réconforter Sophie après ce que tu as entendu tout à l'heure ? »

L'enfer, c'est *elle*.

7

Il fait chaud. Dehors la vie bat son plein : le chien Roméo court après un écureuil tandis que, selon son habitude, Apollon, l'autre molosse, fait la sieste. Une tourterelle triste gémit. La matinée s'étire, paresseuse.

Ils sont dans la grande salle, celle qui sert aux thérapies de groupe. Pas un souffle d'air. Une étuve.

Vaincre la dépendance affective et blablabla... « Il faut absolument vaincre la dépendance affective », martèle Renée sur tous les tons depuis près d'une heure. Affalés sur le tapis élimé dont la trame leur égratigne les genoux, la plupart des résidants font semblant de la croire.

Un moineau s'est posé sur le rebord d'une fenêtre. Écoute-t-il Renée ? Elle en est à leur présenter son « schéma », à tracer le portrait de l'ennemi à abattre : cette fameuse dépendance affective, cause d'une quantité inimaginable de maux abominables. À pleurer !

Tiens ! Voilà que le moineau s'envole. S'en fout des schémas. Préfère la vie. Renée poursuit. Elle n'a pas jeté le moindre coup d'œil à l'oiseau. S'en fout de la vie ! Préfère ses schémas.

« S'oublier soi-même pour l'être aimé, c'est malsain... Ne vivre que pour l'autre est aberration. C'est de la folie. » Et Jésus-Christ, Renée ? Que ne leur parles-tu de Jésus-Christ, tellement dépendant affectif des hommes qu'Il a donné sa vie pour eux ? « Il faut aussi penser à soi. Chacun a le droit de vivre. Chacun a le devoir de réussir sa vie. » Et la môme Piaf, Renée ? Que ne leur causes-tu de Piaf ? Aurait-elle mieux réussi sa vie, si elle n'avait pas été dépendante affective ?

Le moineau est revenu… à moins que ce ne soit un autre. Ils se ressemblent tous, comme les jours au Centre.

Renée continue. Elle prêche l'équilibre, la prudence. Emma lui réplique mentalement : « *Qui cherche à sauver sa vie la perdra.* Tu nous conseilles de nous méfier des élans du cœur, Renée. Attention ! Quelqu'un d'autre a averti que les tièdes, Il les vomirait de sa bouche. »

Il apparaît de plus en plus nettement à Emma que la philosophie de vie préconisée à Nuit et Jour siérait mieux au monde clos d'un bocal à poissons rouges. Or, c'est l'océan qui l'attire. Au diable la prudence ! Emma ramasse son courage et a le toupet de lever la main :

« Je m'excuse de t'interrompre, Renée, mais la langue me démange d'autant plus que, vu mon nouveau moyen, tu es une des rares personnes à qui je peux m'adresser ces jours-ci. Je ne partage pas tout à fait ton avis. Je… »

La salle est pétrifiée. Quelqu'un a osé douter de la parole sacrée de la tsarine. Contrairement aux attentes, Renée semble ravie. Emma a baissé sa garde, l'autre va cogner. Devant une salle totalement de son bord et qui considère cela comme bien mérité.

« Ah ! Nous avons touché une corde sensible. N'est-ce pas, Emma ?… »

Ce qu'Emma peut haïr ce « nous » impérial et papal.

« ... Cela te fait mal, n'est-ce pas, Emma ? Ta relation idéalisée avec ton Jean-Marie, voilà un bel exemple du syndrome de Roméo et Juliette... »

Schémas, syndromes. Emma en a par-dessus la tête de tout ce charabia. Elle est Juliette. Point final ! En quoi est-ce mal ? Voilà ce qu'elle dit à Renée. Puis, elle ajoute :

« Toi et les autres, vous triturez l'essence même des êtres. C'est un jeu dangereux. Vous vous prenez pour Dieu ? Je suis un être humain qui prône la passion, se l'approprie et qui ne voudrait pas vivre autrement. Je suis libre comme... » Elle allait parler de l'oiseau, mais il est reparti. Elle dit plutôt : « La liberté, c'est de pouvoir partir quand on veut. »

« Comme d'habitude, tu exagères, Emma. Tu projettes ton malaise sur les autres. »

Toujours à les culpabiliser ! Emma réplique :

« Projection ? En quoi ce terme a-t-il rapport avec notre discussion ? Tu dis n'importe quoi, Renée. Tu lances des termes appris à l'université, mais tu n'en connais pas le sens. Avec tous tes diplômes, tu ne serais pas ici si tu avais la moindre originalité. »

Renée se lève d'un bond et rougit tant qu'on dirait une tomate solitaire au sommet d'une tige.

« Tu sauras qu'on m'a déjà offert plusieurs postes ailleurs, dont un, il n'y a pas si longtemps.

– Alors, je ne comprends pas pourquoi tu restes ici...

– Tu n'es qu'une rebelle ! »

Ah, le beau compliment ! se dit Emma.

« Et tu ne comprends rien à rien ! Fais-en à ta tête ! Reste ce que tu es, si ça te chante ! Tu ne veux pas changer ? Alors, sors d'ici et va dans ta chambre. Je ne veux plus te voir, ni t'entendre. »

Emma est sidérée : on dirait Diane ! Renée la déçoit, qui jusqu'ici ne s'adressait à eux qu'avec respect. Tandis qu'elle se dirige vers sa chambre, les larmes retenues brûlent les yeux d'Emma. Elle est une manipulatrice, c'est vrai, elle ment comme elle respire. Elle a volé, elle a trompé, elle a trahi. Mais elle n'est pas que fourbe et voleuse. Elle vaut beaucoup plus que ça et c'est à ce « plus », qu'elle ne veut pas qu'on touche. Elle ne deviendra pas drabe, qu'on se le tienne pour dit !

Étendue sur son lit, elle regarde le plafond, mais ce sont les yeux de Diane qu'elle voit. Des yeux qui brilleront de plaisir lorsque Renée lui rapportera l'incident de l'après-midi. Toujours heureuse, la directrice, lorsque l'un des pensionnaires est humilié. Elle regarde les murs qui suintent du venin de Diane. Cette femme est perverse. À tout prix, il lui faut échapper à son emprise. Pour cela, Emma devra ruser, faire semblant de jouer le jeu. Ce soir, elle s'excusera donc devant le groupe, soulignera à quel point cette crise de rébellion lui a permis de découvrir une faille intérieure. Ainsi bernés, Diane et ses thuriféraires lui ficheront sans doute un peu la paix et, qui sait, son séjour au Centre en sera peut-être écourté.

« Renée veut te voir dans son bureau. »

L'apostrophe met fin à ses réflexions. Elle ne s'est pas rendu compte de l'arrivée de Lise dans la chambre. Lise est récemment montée en grade. Elle a été promue distributrice des travaux. Et comme il est impossible de se maintenir à ce rang sans complaire aux autorités du

Centre, elle espionne pour leur compte les autres résidants. Lise la sous-fifre. Lise la kapo, un pied dans chaque camp. Depuis quelque temps, elle écœure tout le monde. Emma se sent d'humeur à la narguer ; elle oublie qu'on lui a interdit d'adresser la parole à un autre résidant.

« Qu'est-ce qui t'a amenée au Centre Nuit et Jour, Lise ? »

La question désarçonne l'autre. Cela se voit à la vive et soudaine coloration de sa face. Elle se ressaisit vite pourtant, se dresse de ses cinq pieds et sept pouces.

« Trafic de stupéfiants. Mon chum était un Hell's. On l'a abattu. Carcajou. Je risque dix ans. »

Emma s'esclaffe. Pauvre Lise ! Même pas capable de s'inventer un passé crédible. Une « souris » ! Voilà ce qu'était Lise, lui a-t-on dit. Une souris amourachée d'un bel étranger qui la droguait et l'emmenait en voyage après avoir bourré ses valises de cocaïne. Pauvre Lise ! Complice d'un trafic, pour sûr, mais en toute naïveté. Lise la souris ! Lise la poire. Lise pour le moment déçue de ne pas impressionner Emma avec son histoire inventée. Ne lui reste que la fuite. Sous prétexte d'une quelconque tâche à effectuer, elle met fin à l'entretien et sort. Emma la suit et se dirige vers le bureau des thérapeutes.

Renée l'accueille debout derrière son bureau, les mains posées sur le dossier de son fauteuil. Elle ne l'invite pas à s'asseoir.

« Deux choses, Emma. En premier, je m'excuse pour tout à l'heure… »

Un intervenant qui s'excuse : une première ! Emma se dit que ce jour est à marquer d'une pierre blanche.

« … et j'ai un secret à te confier. N'en parle à personne. »

En plus, on lui fait confiance ! Décidément…

« Tu sais, l'offre d'emploi récente dont je t'ai parlé tout à l'heure… Eh bien… Je l'ai acceptée, je commence dans deux semaines. Je ne partage pas la philosophie du Centre et j'y réprouve plusieurs pratiques. Tu vois : je te donne en partie raison. Tu es très intelligente Emma, mais il y a des choses que tu dois apprendre. Ton extrémisme me fait peur. Si Diane a souvent tort, tu n'as pas toujours raison. »

Elle sourit à sa visiteuse, lui tend la main, lui souhaite bonne chance. Emma bredouille « bonne chance » à son tour et sort aussi secouée que lors de sa première arrestation.

Ça alors ! Elle oubliait l'heure ! Roméo et Apollon acceptent difficilement un retard quand il s'agit de leur repas. Elle court à sa chambre et attrape une casquette car le soleil tape dur. Depuis deux jours, elle est responsable du bien-être des deux molosses qui l'ont tant effrayée le jour de son arrivée au Centre. Elle les nourrit, les brosse, et veille à ce qu'ils n'oublient rien des leçons apprises à l'école de dressage.

Les chiens ont terminé leur platée. Emma rince les bols, puis s'apprête à parfaire leur formation. Alors qu'Apollon, la langue pendante, la fixe dans l'attente des ordres, elle cherche Roméo des yeux. Elle le découvre finalement à côté d'un arbre où il joue avec un écureuil mort. Comme elle, Roméo est indiscipliné et porté sur les mauvais coups.

« Espèce de voyou ! lui crie-t-elle. Lâche cet écureuil ! »

La queue entre les jambes, Roméo obéit et rejoint Apollon qui le toise. Emma se sent bien en leur compagnie. Elle a toujours aimé les bêtes. Jean-Marie, par contre… Elle se souvient…

Il faisait beau. Le ciel dansait dans la chaleur, et on était en plein Festival de jazz. C'était au début de leur liaison. Ils déambulaient au milieu d'une foule dense et joyeuse qui les bousculait. Ils remontaient en chantant la rue Sainte-Catherine en direction d'un petit bar où se produisait un ami de Jean-Marie. Soudain, surgit devant eux un chien, minuscule et ridicule, mais qui aboyait comme dix. Jean-Marie s'est arrêté tout net. À son air, elle a bien vu que son héros, son dieu, était figé de terreur. « J'ai la phobie des chiens », lui a-t-il confié après qu'elle eut réussi à faire fuir le clébard.

Et de lui expliquer qu'en Haïti les chiens sont souvent sauvages, presque toujours affamés et, la plupart du temps, dangereux. Et de lui raconter que, gamin, il avait failli perdre une main sous les crocs d'une de ces bêtes :

« Un dimanche à Petit-Goâve. La fête ! Un morceau de mangue dans la main droite, la main gauche dans celle de mon père, nous descendons de la jeep. Moi, le mulâtre, fils d'un Blanc, je me sens important. C'est plein d'enfants autour, ils sont noirs comme le fond d'un puits ; ils sont en haillons, je suis vêtu comme un prince ; la nurse m'a frotté, nettoyé l'intérieur des oreilles et l'arrière, je brille comme un sou neuf, eux sont sales. Nous sommes devant une case, en sort un homme qui nous salue avec une déférence appuyée. Casquette à la main, il s'entretient avec mon père alors que la marmaille se tient à bonne distance. Soudain, surgit un chien, pas plus gros qu'un coyote mais féroce comme un loup. Gueule ouverte, il se jette sur ma main qui tient le fruit. Sans l'homme à la casquette, je serais aujourd'hui manchot. »

Son cœur s'est gonflé, comme chaque fois qu'elle pense à Jean-Marie. Diane et ses acolytes veulent lui entrer dans le crâne que cet homme a causé sa perte ; ils n'ont rien compris et ne comprendront jamais. Emma ne regrette en rien le temps passé avec son Prince. Elle le revivrait n'importe quand. C'est l'étroitesse d'un cachot que la société lui propose, alors qu'elle aspire aux grands espaces libres de toute contrainte, là où la foi remplace le doute, l'impulsion créatrice, les règles. Au fond, elle voudrait se débarrasser de sa tenue charnelle, rejoindre le sommet éthéré où évolue Jean-Marie. Emma subit encore la condition humaine ; elle ressent la faim, le froid, la fatigue, tandis que Prince ignore son corps. Seule sa jambe à la toute fin… mais il faisait comme si la douleur n'existait pas. Jean-Marie lui manque cruellement. Pourquoi empêche-t-on des gens qui s'aiment de communiquer entre eux ? « Jean-Marie ! Je t'aime tant que je trouverai bien le moyen de te rejoindre. »

Fin de la séance de dressage. En rentrant, elle passe devant Serge et Josiane qui jasent sur le perron. Une conversation interrompue dès qu'elle s'approche, et reprise une fois qu'elle s'est éloignée un tantinet. Que de mystères et de cachotteries en ces lieux ! Elle en a marre.

C'est l'heure du souper. Las des avanies subies, le derrière fatigué par les longues séances sur un tapis, les résidants sont assis autour de la table. En guise d'apéro, ils se préparent à bouffer l'un d'entre eux. Marc n'est pas là. Curieux !

8

Emma s'inquiète. Marc n'est pas venu souper. Or voilà près d'une heure qu'on procède au déballage des « bilans quotidiens » dans le salon bleu et l'obèse ne s'est toujours pas pointé. Les autres ne semblent pas s'en soucier. Peut-être connaissent-ils la raison de son absence. Un incident serait survenu pendant qu'elle soignait les chiens, qui expliquerait l'absence de l'obèse et les échanges confidentiels de Serge et Josiane sur le perron ?

François est assis à côté d'Emma. Elle va l'interroger, lorsqu'elle se rappelle qu'il lui est défendu d'adresser la parole aux autres résidants, excepté à la victime désignée des exercices dits thérapeutiques. D'ailleurs, François aurait-il daigné lui répondre ? Il méprise les femmes. Elle l'a su dès sa première journée au Centre, dès le premier regard qu'il a posé sur elle. Depuis, les attitudes et propos du macho n'ont fait que la conforter dans cette impression initiale.

Cette consigne du silence, elle réalise soudain qu'elle l'a enfreinte tout à l'heure, avant sa rencontre avec Renée, alors que, dans leur chambre, elle n'a pu résister à l'envie de narguer Lise. Curieux que cette dernière ne l'ait pas dénoncée. Oubli de sa part ? Sûrement. La souris a raté une sacrée chance de se venger de celle qui avait osé rire de son histoire incroyable. Tant pis pour elle !

Emma ne doit plus fournir des armes à Lise, ni aux autres. « Tu as du caractère », lui répétait Jean-Marie. Maudit caractère ! Un caractère trop « voyant », un caractère « bruyant », un caractère qui l'empêche de se fondre dans un anonymat confortable. Ah ! Devenir caméléon, pouvoir dissoudre sa couleur dans celle des murs. Elle se promet de redoubler d'attention. Elle raffermit sa résolution de contrôler ses sautes d'humeur. À l'avenir, elle feindra la soumission. Elle agira toujours comme il faut, elle n'exprimera que des pensées « comme il faut ». Elle sera *politically correct*. Se rappelant une chanson de Richard Desjardins, elle fredonne : « *Quand j'vas être un bon gars...* » En apparence, du moins, elle sera une bonne fille. Pour au plus vite retrouver sa liberté.

Il arrive à Emma de douter d'elle-même. Dans ces moments, elle se demande si sa propension à voir le mal partout ne cacherait pas sa peur de le débusquer en elle. Pour l'heure, c'est plutôt l'indignation qui l'habite alors qu'une nouvelle victime s'immole *pour le bien de tous*.

Elle écoute Jules, le « poseur de bilan » du moment, celui par qui le scandale est arrivé. Car, thérapie oblige, à chaque jour, son scandale. Dans le tas d'immondices charriées par les bilans de la journée, on pige ce que l'assemblée aura jugé le pire. Promu poseur de bilan, l'auteur du forfait doit le relater en détail et en avouer tous les motifs. Pour ne pas sortir trop amoché de l'exercice, il faut avoir du bagout. Or, le gars ne sait pas causer.

Jules a tout au plus effleuré les bancs de l'école ; ce qu'il sait, il l'a appris de la vie. D'une voix hésitante, il entreprend de décrire un comportement que chacun s'empressera de juger ignoble. Thérapie oblige, encore.

Pauvre Jules. Emma s'en tirerait beaucoup mieux, c'est sûr. À Nuit et Jour, non seulement il faut dire ce qu'il faut, mais aussi l'exprimer comme il faut. Comme si la loquacité témoignait de la compréhension. Jules n'est pas brillant, mais il a du cœur et il est plein de bonne volonté. Lui manquent les outils pour le démontrer : une plume facile et une langue déliée et acérée.

Jules est donc une proie tout indiquée pour Diane qui ne manque pas une occasion de lui tomber dessus, de lui reprocher son bafouillage habituel, de le traiter d'ignare, d'idiot et de paresseux.

Pauvre, pauvre Jules ! Déjà affligé d'une expression claudicante, il arbore de surcroît un nez imposant qui coule en toute saison autant qu'érable au printemps. Jules le renifleur, Jules le pleurnichard donc, en déduisent plusieurs. Et Jos de lui rappeler sans cesse qu'il lui faut se débarrasser de cette manie écœurante. Voilà plus de quatre mois que l'intervenant préféré de Mme la directrice lui impose moult moyens censés le guérir de cette vilaine habitude. En vain. Jules renifle tout autant et aussi souvent qu'au début.

« Tu le fais exprès ! lui a crié Jos, l'autre soir. Tu te moques de nous. »

Et si c'était vrai ? Il arrive à Emma de penser que Jules et Jos se livrent une guerre de Trente Ans où chacun utilise les armes dont il dispose.

« Quand bien même ça prendrait des années, tu ne sortiras pas d'ici avant de t'être débarrassé de cette sale habitude, lance Jos.

— Sniff ! lui répond l'autre. »

Jules le solitaire, Jules le sauvage, Jules l'indifférent à tout et à tous. Serait-ce une blessure non cicatrisée, causée par une trahison ancienne, qui l'a rendu aussi hermétique ? Jules l'emmuré, aujourd'hui sur la sellette à cause d'une peccadille jugée la pire du jour. Jules que l'intervenante Josiane cherche pour l'heure à faire craquer en ne cessant d'interrompre le bafouillage.

« Heu… J'étais, sniff, en train d'aider François à laver le char de Jos, sniff, pis aussi celui de Diane, pis j'ai remarqué qu'y avait oublié de laver le windshield de Jos, sniff…

— Cesse de renifler, c'est dégoûtant. Dis-nous plutôt le véritable nom de ce *y* qui a oublié de laver le pare-brise de Jos. Windshield, c'est un mot anglais. J'y pense tout à coup : je ne savais pas que Jos était affligé d'un pare-brise. Pauvre Jos. Je me demande s'il l'enlève avant de se coucher… »

Ici, l'assemblée éclate d'un rire servile qui a l'heur de plaire à Josiane.

« Bon ! Nous avons tous compris que tu parlais de la voiture de Jos. Continue.

— Ça fait que, sniff, y m'a répondu…

— C'est qui, *y* ?

— C'est François. Y m'a dit de me mêler de mes affaires, pis y m'a lancé la bouteille de lave-vitre en pleine face. Sniff. Pis comme j'ai pas l'habitude de me laisser faire, j'ai sauté sur lui. Jos nous a séparés, sniff.

— Et puis ?

— C'est toute.

— As-tu appris quelque chose ?

— Heu… Sniff. Ah oui ! Ça m'a montré que j'suis agressif.

« – Agressif ! Sais-tu au moins ce que ça veut dire ? Pour meubler un vide de pensée, tu emploies un mot que tu as souvent entendu prononcer ici. Après l'incident, tu aurais dû creuser en toi-même, te demander pourquoi tu avais agi en sauvage. Mais tu es trop paresseux pour ça. Un tour d'assemblée va te révéler ce que chacun pense de toi. »

Et tous de s'en donner à cœur joie, à commencer par Roger, le converti. Le regard sombre, l'index pointé vers Jules, il l'apostrophe sur un ton accusateur à faire mourir d'envie n'importe quel ayatollah ou simple mollah.

« Tu devrais savoir que l'agressivité, c'est dangereux, mon Jules. Prends moé, qui te parle, ça m'a amené à tuer quelqu'un. Penses-y à deux fois, mon Jules : on commence par tapocher pis on finit par assommer. »

À ces paroles, Jos, le mentor de Roger, ne se sent plus de joie.

Arrive le tour d'Emma. Fidèle à sa résolution, elle refoule ses scrupules et se fait particulièrement dure, ce qui lui vaut l'approbation tacite de l'intervenante. « Elle a enfin compris », doit se dire cette dernière. Oui, Josiane : elle a compris qu'il lui faut jouer le jeu si elle ne veut pas finir sa vie ici. Évidemment, elle pourrait s'enfuir… pour gagner une liberté bien éphémère, car on la rattraperait vite. Pour l'heure, Emma se comporte comme le reste de la meute et déchire Jules à pleins crocs. La curée terminée, Josiane reprend le crachoir.

« Tu as entendu les autres, Jules ? À ton tour maintenant d'exprimer ce que tu as vraiment ressenti quand tu as sauvagement agressé François. Creuse, cherche au fond de toi-même. Étais-tu en colère ? Ressentais-tu de la rage ?

— C'est ça, sniff, c'était de la rage.

— Tu répètes comme un perroquet, Jules. Un perroquet affligé d'un rhume de sa petite cervelle. Tu ne penses pas par toi-même. »

Et toi, Josiane. Tu ne te rends pas compte que tes propos sont l'exacte copie de ceux de Diane dont tu cherches même à imiter l'intonation ? Josiane le caméléon, Josiane le perroquet, Josiane la disciple d'une Diane dont elle mime l'expression et singe les poses, bien que cette dernière ne rate pas une occasion de se moquer de sa collaboratrice, de lui rabaisser le caquet même devant les résidants. Car ainsi agit envers tous l'omnipotente directrice du Centre de thérapie Nuit et Jour. Peu lui importe le statut de son souffre-douleur du moment. Qu'il soit résidant ou intervenant, Diane s'en moque comme de l'an quarante. Tous goûtent à la soupe amère. Tous, sauf son cher Jos. Renée, elle, l'a compris, qui les a quittés il y a quelques jours.

Bon ! Emma en a assez entendu. Elle plonge en elle-même, le seul endroit où elle peut retrouver Jean-Marie.

La scène a lieu au début de leur union. Ils sont seuls, dans le salon du quatre et demi qu'ils habitent encore. Elle occupe le seul siège de l'appartement, un fauteuil bas qu'ils vont bientôt vendre à la suite de la plupart de leurs meubles ; lui gesticule et raisonne à haute voix en arpentant la pièce. Avec humour, il lui a raconté la thérapie que les autorités universitaires lui ont imposée après qu'on l'eut pris en train de s'injecter de l'héroïne dans les toilettes de l'institution. Il en est au bilan.

« Je m'étais consolé en me disant que ce serait des vacances ; j'ai plutôt assisté à un vaudeville. La plupart des intervenants n'arrivaient pas à la cheville du plus ignare de mes étudiants. Il y avait ces malfrats repentis que j'appelle les parvenus de la sobriété et quelques psychologues patentés, mais… En fait, ce sont ces derniers qui étaient dangereux. Comprends-moi bien, Ma : la psychologie en est aux prémisses, aux hypothèses, aux suppositions. C'est comme si on empruntait un sentier inconnu et mal défriché en forêt. Il faut marcher en hésitant, s'arrêter souvent pour s'orienter. Mais, comme bien des psychologues sont imbus d'eux-mêmes, nombreux sont ceux qui foncent sans trop se poser de questions. Il n'est donc pas étonnant qu'ils s'égarent et, par conséquent, perdent les patients qu'ils ont la prétention de guider. La plupart des centres de thérapie sont des laboratoires où l'on expérimente des méthodes censées s'appliquer au grand nombre. Or, le grand nombre, ça n'existe qu'à l'état de concept. Chaque personne est une entité à nulle autre pareille. Des thérapies de groupe, ça ne peut pas réussir. »

Emma l'écoutait en se disant qu'il exagérait. Aujourd'hui, elle pense autrement.

Un éclat de rire général la ramène à la réalité du bilan quotidien. Une hilarité sûrement provoquée par un autre trait d'esprit de Josiane aux dépens de Jules. Mais voilà qu'on cesse net de se bidonner. Les regards se tournent vers la porte que Marc vient de franchir. Diane l'accompagne, mais reste debout. Demeurant pour l'instant en retrait, elle s'adosse au vieux buffet sur lequel elle a préalablement passé un doigt en quête de poussière, à la recherche d'un manquement qui lui aurait permis d'épingler une nouvelle victime, de décerner un autre moyen, d'assouvir une nouvelle fois son désir d'abaisser autrui.

Elle s'adosse, donc, et fait signe à Josiane de poursuivre.

Nerveuse, mal à l'aise sous le regard moqueur de la directrice, Josiane s'empresse de couper court au bilan quotidien. Jules peut enfin renifler comme bon lui semble.

Diane se redresse, efface son rictus, ouvre la bouche.

« Marc s'est présenté à mon bureau, en fin d'après-midi. C'était durant une période où chacun doit s'acquitter de sa tâche spécifique… »

Quoi ! Marc a osé interrompre son travail ! Péché mortel.

« Il s'est plaint des mauvais traitements qu'on lui aurait fait subir et m'a accusée de cruauté mentale envers lui et d'autres… »

Se plaindre ! Accuser Diane ! Double sacrilège.

« Il est, paraît-il, si souvent et si profondément humilié qu'il ne lui est plus possible de se sentir à l'aise parmi nous… »

« Voilà donc le sujet dont s'entretenaient à voix basse Serge et Josiane lorsque je suis passée devant eux tout à l'heure », se dit Emma. Elle imagine l'échange : « Tu sais ce que Marc a fait ? – Oui. Ça se peut-tu ! » Un incident qui passerait inaperçu ailleurs revêt ici les couleurs d'une tragédie. Qui vit en vase clos voit un arbre dans chaque brindille.

« Et savez-vous ce que Marc a ajouté ? »

Bravo, Marc ! pense Emma. Je t'aime, Marc. Tu es courageux. Jos ne t'a pas encore complètement avili malgré le régime draconien qu'il t'a imposé, lui qui mange pourtant comme un ogre. Je t'aime pour la naïveté, la spontanéité de tes interventions qui souvent te placent en porte-à-faux. Je t'aime, mon gros, à cause de tes yeux marron souvent mouillés qu'abritent de longs cils, pour une sensibilité au malheur des autres qui fait que tu en as gros sur le cœur. Tu es gros, Marc, mais ton cœur l'est encore plus.

« Au Portage, selon Marc, on aurait beaucoup adouci le programme, poursuit Diane. Il paraît que les pauvres toxicomanes en cure là-bas rechutaient dès leur sortie parce qu'ils avaient préalablement été trop brimés. Ne trouvez-vous pas significatif qu'ils ne recommencent à se droguer que lorsque les supposées brimades cessent ?... »

Diane l'hypocrite, Diane la sophiste.

« Savez-vous ce que j'ai répondu à Marc ?... »

Ils le savent, Diane. Comme ils savent qu'ils devront subir ta harangue jusqu'au bout.

« J'ai dit à Marc que je n'avais cure de ce qui se passait à Portage ; que je dirigeais Nuit et Jour, moi, et non Portage ; qu'ici, on appliquait *mes* règles, et non celles de Portage, et qu'il pouvait toujours s'en aller si bon lui semblait. Je lui ai répété ce que je dis à chacun lors de son arrivée ici : "C'est moi qui décide de la durée de ta thérapie, mais toi, tu pars quand tu veux. Je n'ai ni l'intention ni l'obligation de te retenir. Ici, ce n'est pas une prison. Ma seule obligation, c'est de remettre à la cour un rapport présentenciel, une évaluation de ton comportement..." »

Elle aurait pu résumer ainsi : « Tu restes et tu acceptes nos traitements, ou tu vas en prison. » L'autre jour, Marc a dit à Emma : « Je risque cinq ans. » Diane ne l'ignore pas. Difficile d'être plus vache.

« Marc a décidé de rester. Il va nous dire pourquoi. Après, bien sûr, s'être excusé de son effronterie envers moi. »

Autant Emma s'était réjouie du courage de Marc, autant elle a maintenant envie de vomir.

« Je désire avouer…

— Plus fort ! s'écrie Diane. On doit pouvoir t'entendre d'un bout à l'autre de la table.

— J'avoue être un lâche et…

— Et les excuses, Marc ? Ne dois-tu pas commencer par des excuses ?

— Je m'excuse d'avoir dérangé Diane pour des niaiseries.

— Est-ce tout ?

— Ah oui ! Et d'avoir laissé en plan ma tâche spécifique.

— C'est bien. Tu peux continuer.

— Je suis un lâche, un paresseux et un goinfre. Je ne pense qu'à manger et à dormir. Vous avez bien fait de me traiter de gros porc après que j'ai été pris à voler des biscuits… »

Emma pense à ce qu'on a dit des procès de Moscou et de Prague. C'est donc vrai : on peut amener une personne à s'abaisser jusqu'à lécher le plancher.

« Plutôt que de vous remercier de votre honnêteté et d'accepter la correction fraternelle que vous m'avez infligée pour mon bien, j'ai éprouvé du ressentiment envers vous, de la haine aussi… »

Emma se retient de lui crier de s'arrêter.

« Et puis, j'étais fâché qu'on ait confiné Sophie à sa chambre parce que j'ai un certain penchant pour elle. »

Cet aveu le fait rougir. Emma aussi en éprouve de la gêne pour lui.

« Tout ça m'a fait haïr le Centre Nuit et Jour où pourtant chacun fait son possible pour m'aider à sortir de l'ornière où m'a plongé ma conduite… »

Emma se retient de se boucher les oreilles.

« Heureusement, Diane m'a remis à ma place. Pour m'aider à m'améliorer, j'aimerais que chacun me dise ce qu'il pense de moi. »

S'ensuivent la lapidation habituelle et l'inévitable prescription d'un moyen. C'est Jules et François qui en écopent. Marc, ce sera pour plus tard. Il faut qu'elle y réfléchisse, la Diane.

« Jules et François, vous vous tiendrez la main, or-donne Diane. Du lever jusqu'au coucher, sauf pour aller au petit coin, bien entendu, vous vous tiendrez la main. De vivre ainsi en siamois vous rendra peut-être un peu plus réceptifs l'un à l'autre. Dorénavant, Fran-çois partagera la chambre de Jules, jusqu'à ce que je lève la punition. Je constate que vous êtes droitiers tous les deux. Vous changerez donc de place à chaque repas. Ainsi chacun mangera à l'aise une fois sur deux. S'il y a de la viande, chacun aidera l'autre à la couper. Allez ! On commence tout de suite. Asseyez-vous l'un à côté de l'autre et donnez-vous la main. Bon ! Vous ne me verrez pas du week-end. J'ai besoin de changer d'air. N'en profitez pas pour vous laisser aller. Jos me rempla-cera. Je lui ai demandé de serrer la vis. Je constate du relâchement, depuis quelque temps. »

Sortie grandiose.

Emma pense à Sophie, toujours confinée à sa cham-bre et qui, lundi, devra « passer au cash » à son tour.

Bruit de moteur. Ouf ! La Diane est partie dans sa superbe bagnole lavée par Jules et François. En quittant sa place, Emma surprend la main de Lise qui caresse celle de Paul. Celui-ci se laisse faire.

9

Le salon bleu sert à nouveau de prétoire. Debout, dans son maillot vert, Sophie en occupe le centre. Elle pleure. Emma fait partie du peloton qui va la fustiger. On l'a exigé et elle ne s'est pas révoltée. Elle va tout naturellement participer à l'humiliation de Sophie, comme cette dernière contribuera à la sienne lorsque arrivera son tour. Ainsi, à Auschwitz, des détenus tondaient leurs semblables, déplaçaient et enfournaient leurs cadavres dans le but de sauver leur propre vie... pour un temps. Elle, c'est pour éviter la prison qu'elle s'avilit.

Jules le sniffeux et François le maigre, abîmé par l'abus de l'alcool, ont pris place près d'Emma. Ils s'échangent des sourires entendus. Des Judas ! Comme tous les autres d'ailleurs. Et voilà que le vieux soûlon en rajoute :

« Elle sait qu'elle va passer au cash. A shake dans son costume de bain. »

Le salaud ! Vieux soûlard et vieux salaud ! François, le batteur de femmes, venu ici pour éviter les raclées que des détenus infligent à ceux qui ont maltraité des faibles. Sophie aussi ne peut pas le sentir. Il y a un mois, lors d'une séance semblable à celle d'aujourd'hui, la rouquine l'a cuisiné de belle façon.

Le jour de la vengeance enfin arrivé, les yeux de François brillent.

Le regard d'Emma glisse de François à Marc. Dans l'œil de ce dernier une lueur d'indignation. Lueur si vite éteinte qu'elle croit s'être trompée. L'obèse affiche maintenant une parfaite impassibilité. Lui aussi joue le jeu. Il s'est déjà rebellé ; il en a payé le prix, il a compris.

Diane ouvre la séance par un long énoncé sur les bienfaits thérapeutiques de l'exercice qui consiste à cracher sur son prochain. Un doute assaille Emma. Et si c'était vrai ? Diane a un diplôme en psychologie. Elle doit savoir ce qu'elle fait. Peut-être ont-ils vraiment besoin de se faire « entrer dedans ». Après tout, les délits qui les ont amenés ici, ils les ont bel et bien commis ! Un regard à Sophie, à ses beaux yeux verts orgueilleux qui retiennent des larmes, à son corps tremblant sous le mince tissu du maillot, et voilà qu'Emma ne doute plus : s'il y a eu fautes de la part des résidants, il y a aussi celles commises par les thérapeutes. Des fautes souvent plus graves que celles des délinquants parce qu'elles avilissent. Si Jean-Marie voyait ce qui se passe à Nuit et Jour, lui qui ridiculisait les psychologues patentés, leurs foutues enquêtes bidon, et qualifiait les thérapies de vacances ! Toutes les thérapies ne sont pas de la tarte, se dit Emma, il y en a de dangereuses. Elle se reprend : Prince avait raison, toutes les thérapies sont de la tarte, certaines sont saupoudrées d'arsenic, cependant.

« À toi, Sophie ! lance Diane d'entrée de jeu. Tes quelques jours de solitude t'ont sûrement permis de réfléchir aux causes de ta déchéance. Nous sommes impatients d'entendre les fruits de ton introspection. Mais peut-être as-tu passé ton temps à dormir ?

– C'est pas vrai ! J'ai presque pas dormi.

– Ne monte pas sur tes grands chevaux. J'ai dit " peut-être ". Alors, raconte-nous ce que tu as fait quand tu ne dormais pas.

– Je pensais.

– Tu pensais à quoi ?

– Aux bêtises que j'ai faites.

– Lesquelles ? Ne crois pas t'en tirer avec des généralités.

– Eh bien… »

Et Sophie de déballer un passé probablement mythique devant un public qui la harcèlera de questions jusqu'à ce qu'il estime en avoir eu pour son argent. En résidante avisée qui entrevoit la liberté pour bientôt, elle se noircit tellement qu'on ne la questionne pas trop. Les voyeurs satisfaits, Diane annonce qu'il est temps de passer à la deuxième phase de l'opération : la lapidation.

Drues arrivent les pierres dès le signal donné. Et ça dure ! Et ça va crescendo. « T'ennuies-tu de ton trottoir ? » « Salope ! » « T'es-tu déjà regardée dans un miroir ? » C'est trop pour Emma qui se garde d'intervenir… jusqu'à ce que Diane s'en aperçoive. Alors, elle flanche et mord à son tour :

« Sophie, j'ai peine à croire que tu te sois détournée de toi-même et de la thérapie pour t'amuser avec n'importe qui. »

Cette pierre, lancée plutôt mollement, semble heurter Sophie de plein fouet. Emma lit la déception dans ses yeux. Emma a honte, Emma rougit. Elle a trahi celle qui aurait pu devenir son amie. Mais comment faire autrement ? Peut-on survivre dans une jungle sans appliquer la loi de la jungle ? Heureusement que Diane ne l'oblige pas à poursuivre. Probablement à cause d'un trop-plein de venin qu'elle brûle de déverser, elle met abruptement fin à l'exercice et se lève pour prononcer la sentence.

« Ma chère Sophie, ma très chère Sophie… »

La voix de Diane s'élève, suffocante comme une cagoule.

« Je n'ai rien à ajouter à ce qui a déjà été dit, sauf que tu te couvres de ridicule à étaler ainsi tes seins et ton derrière dans un maillot qui aurait peine à couvrir les appâts d'un mannequin anorexique. Il y a cependant quelque chose que tu essaies de te cacher à toi-même et aux autres, bien qu'ils le sachent déjà. Tu es une prosti-tuée, Sophie. Une prostituée qui lève le nez sur les jun-kies, mais qui l'a souvent penché sur une ligne de coke. Et je te défie de prétendre devant moi ne t'être jamais piquée. Tu es une prostituée, une toxicomane et une menteuse. Et tu veux le demeurer. Tes derniers agisse-ments le prouvent. Mais moi, vois-tu, je tiens à te tirer de là. C'est pourquoi… »

À l'instar des accusés chinois, Sophie gardait jus-qu'ici la tête baissée. Elle la relève.

« … tu repartiras à zéro.

— J'ai déjà fait sept mois !

— Sept mois qui ne comptent pas, puisque tu n'as pas progressé. Tu vas donc recommencer, en harmonie avec la vérité cette fois-ci. Le premier mois, tu porteras un écriteau à ton cou. Il y sera inscrit : "Je suis une pute." Pas pour l'apprendre aux autres, ils le savent déjà, mais pour toi, ma chère. Pour te renseigner sur toi-même.

— Est-ce que je pourrai partir après ? Je suis ici de-puis longtemps.

– Ta thérapie doit durer au moins un an.

– Moins les sept mois que j'ai déjà faits ?

– Je viens de te dire qu'ils ne comptent pas. Les sept mois où tu t'es fait des accroires ne comptent pas. Tu as le choix : ou tu acceptes de recommencer ta thérapie sur des bases neuves et vraies et à compter du tout premier jour, ou j'appelle les flics et tu retournes à Tanguay, avant de prendre le chemin du centre de détention de Joliette. Tu ne nous as pas tout dit, tout à l'heure. Mais j'ai lu ton dossier. Tu sais comme moi que tu en aurais pour plusieurs années.

– Je ne veux pas aller en prison… et je ne veux pas rester ici aussi longtemps. Ce n'est pas juste. J'ai fait des progrès, j'ai compris bien des choses, vous savez.

– Faux ! Tu n'as progressé en rien. Si tu acceptes mon offre, une offre très généreuse vu les circonstances, nous retournerons en cour pour passer un nouveau "contrat" devant le juge. D'accord ?

– D'accord, balbutie Sophie, complètement effondrée.

– Avant de retourner dans ta chambre et de jeter ton maillot aux ordures, tu vas nous dire ce que tu comptes faire pour te débarrasser de l'habitude de te trémousser devant le premier homme venu. »

Humiliée au-delà de toute mesure, complètement anéantie, la rousse ne peut balbutier que quelques phrases incohérentes.

Fin d'une séance semblable à bien d'autres.

De retour à sa chambre, Emma retrouve Sophie prostrée sur son lit en train de couver sa honte. Elle voudrait la consoler, mais elle doute que l'autre apprécie les paroles de compassion de qui vient de l'atteindre au

93

cœur. Surgit Lise qui, elle, ne nourrit aucun complexe. La preuve : ses premiers mots.

« Eh bien ! Et ça se donnait des airs de princesse ! »

Emma ne peut se retenir et lui dit de fermer sa grande gueule. L'autre rétorque que Diane vient de lui confier la responsabilité de la chambrée et, qu'à ce titre, on lui doit un certain respect. Emma lui répond d'aller se faire foutre. Comme on vient de lui redonner le droit de parole, elle a décidé de ne pas s'en priver, d'en abuser même.

S'installe un silence, entrecoupé par quelques sanglots de Sophie. Emma pense que Jean-Marie ne la reconnaîtrait plus, tant elle s'est avilie. Quatre mois à Nuit et Jour ont suffi pour éroder son énergie morale. Lise cumule dix mois, Marc quinze, Jules dix-huit… Seigneur ! Et ils ne savent toujours pas quand ils retrouveront leur liberté.

Elle attaque son bilan de la journée. Comme tout un chacun, elle note ce que les intervenants s'attendent à lire. Parfois, elle sent le regard de Lise s'attarder sur elle. Alors, elle lève la tête et fixe l'autre droit dans les yeux jusqu'à ce que celle-ci baisse le regard.

Un léger clic l'a réveillée. La porte de la chambre ? Elle a dormi combien de temps ? La nuit est maintenant tout à fait noire, le silence, total. Quelle heure est-il ? Plus près de minuit que de l'aube, vu la tiédeur de l'air.

Lise ronfle. Du côté de Sophie, aucun bruit, même pas un soupir. Aurait-elle cessé de respirer ? Emma se dresse en position assise. Elle essaie de percer les ténèbres.

Par la fenêtre, elle entend des pas faire crisser le gravier. Elle décide d'aller voir. Mais elle a besoin d'un témoin. La surprendrait-on dehors qu'aucune explication ne satisferait Diane.

Elle s'approche du lit de Sophie, le tâte de la main : la couche est vide. Une évasion que lui confirme sur-le-champ l'aboiement des chiens. Et le désir de s'échapper elle aussi l'assaille avec tant de force qu'il l'étouffe presque.

Des cris dans la nuit. Le bruit de courses folles. La voix de Jos :

« Accompagne-moi, Paul. Elle ne peut pas être très loin.

— Tu t'adresses à la bonne personne. Je suis un spécialiste du quatre cents mètres. »

Don Juan, traître et menteur. Tel est Paul.

Emma allume : Lise se frotte les yeux. Elle, d'habitude si bavarde, n'émet aucun commentaire. Dans toute la grande maison maintenant pleinement éveillée règne un étrange silence.

Passent des minutes qui semblent des heures.

« Elle est vraiment stupide. Elle va retourner en prison. »

Lise n'a pu retenir sa langue plus longtemps. Emma l'apostrophe :

« La ferme ! Sophie a du mérite. Du courage aussi. Elle déteste la place. L'endroit n'a de centre de réhabilitation que le nom ! Elle n'en peut plus ; c'est pour ça qu'elle sacre son camp. Tu ne la vaux pas.

— Je n'ai jamais fait de prostitution, MOI !

— Menteuse ! Tu te prostitues à la journée longue. Tu rampes devant les intervenants pour te faire bien voir, dans l'espoir de bénéficier de quelques petits privilèges ridicules. Tu vends ton âme. D'ailleurs, je ne suis pas dupe, je sais très bien que tu en as marre de cet endroit et que seule la peur d'y rester trop longtemps te retient de hurler ta révolte. »

Un moment la souris se tait et dans son regard se lit la détresse d'un être touché au vif. Vite, cependant, elle se referme et lance méchamment :

« Tu n'as pas le droit de parler comme ça. Je veux m'en sortir, pas toi. Je vais dire à Diane ce que tu penses de Nuit et Jour, et que tu trouves correct qu'on s'en évade. »

Pour une seconde fois, Emma l'envoie se faire foutre. Elle est fatiguée. Ce qu'elle peut être fatiguée ! Tout ce qu'elle souhaite, c'est dormir sans cauchemars et rêver de Prince. Ah ! oublier cet endroit où agonise l'âme, les imprécations de sa directrice, son atmosphère glauque qui vous avale. Fatiguée, Emma est fatiguée. Mais la souris poursuit, grignotant ce qui reste de force dans l'autre. C'est la kapo qui parle maintenant.

« Tu n'es pas sincère dans ton cheminement, Emma. Si tu défends tant Sophie, c'est que tu es une pute toi aussi. Tous les junkies le sont. »

L'insulte glisse sur Emma comme eau sur dos de canard. Que ne faut-il pas entendre ! Elle réplique que Serge et Jos se livraient, eux aussi, à la prostitution.

« Qui t'a dit ça ?

— Toi-même, ma chère, il y a un instant à peine. Nos deux fameux intervenants étaient des junkies ; c'étaient donc des putes selon tes propres dires.

— Mais ce sont des hommes ! »

Emma s'esclaffe. Elle s'apprête à rétorquer, mais des éclats de voix la distraient. On a dû rattraper Sophie. Emma suppose qu'on la conduira dans la chambre du haut où elle subira un très long isolement. Triste pour

Sophie, la tête bouillante d'avoir trop pensé, la jeune fille sombre dans un sommeil privé de bonheur. *L'ombre menaçante s'abat sur elle, Emma veut hurler mais l'ombre l'étouffe. Comme il serait rassurant de mourir...*

10

Aujourd'hui, le soleil s'est levé du mauvais pied. Il s'est pointé le nez au-dessus de l'horizon et a vite disparu. Depuis, aucune nouvelle de lui. « Journée inepte », a-t-il dû conclure, après avoir un instant écarté les nuages. Ensuite, il les a refermés et s'est recouché.

Roméo et Apollon, eux, sont tout à fait réveillés et le laissent savoir à la ronde. « Bêtes stupides ! leur crie Emma. Vous voyez bien que je le cherche, ce sac ! » Eux n'ont cure de ses paroles. Ils courent autour d'elle, jappent de plus belle, se fourrent constamment dans ses jambes.

« Qui donc aurait eu intérêt à voler le sac ? » se demande Emma. La veille, comme d'habitude, elle l'a traîné jusqu'à sa place habituelle, dans la cave, sous une marche manquante de l'escalier.

Le sac est gros pourtant, bien visible, de format économique. Gracieuseté du supermarché de Rabaska. Celui qui, comme d'autres commerces du coin, approvisionne gratuitement Diane Clermont en denrées de base pour son « œuvre ». Car la « sainte » n'a de cesse de quêter pour « ses pauvres », et l'on se nettoie l'âme en remplissant sa sébile.

Jos est sur le perron. Il s'énerve, demande à Emma ce qu'elle a fait du sac, accuse Serge de ne pas avoir suffisamment surveillé une résidante à qui on ne peut guère se fier. Il ameute enfin la maisonnée et improvise une réunion d'urgence au cours de laquelle la coupable devra avouer sa négligence. Jos adore les séances de thérapie spontanées. Emma interrompt donc sa recherche pour se rendre au salon bleu où on l'installe sur la sellette. Aura-t-elle l'obligeance de renseigner l'assemblée sur le sort qu'elle a fait subir au sac de nourriture pour chiens ?

« Je l'ai mangé », avoue-t-elle.

Emma veut se mordre la langue. Elle ne peut se retenir de provoquer. Maudite impulsivité !

On s'apprête à lui tomber dessus lorsque sonne le téléphone. C'est Diane qui toujours surveille, même à distance. On lui parle du sac ; elle se souvient avoir demandé à Paul de le déplacer de la cave au garage.

Ce que, sitôt fait, il avait oublié.

Faute de forfait, on libère donc Emma et la meute se disperse. À sa sortie du salon bleu, Serge lui jette un regard complice. Tout intervenant qu'il soit, ne vient-on pas de l'accuser de négligence, lui aussi ?

Les chiens nourris, Emma s'est attaquée à ses autres tâches. Tout en frottant, elle regarde Lise, nouvellement promue inspectrice des tâches à la place de Roger pour l'instant « en réserve ». Sera-t-il bientôt assigné à de plus nobles fonctions ? Ou bien est-il sur le point de partir pour le Transit ?

Accoutrée d'une longue salopette bleu délavé – le genre inusable –, Lise promène partout son nez à la recherche d'une imperfection. « Voilà enfin une tenue décente », a lancé Jos lorsqu'elle l'a étrennée. C'était il y a quelques jours.

Depuis, la souris ne la quitte que pour se mettre au lit. Son poste d'inspectrice des tâches, en plus de lui permettre d'obliger qui bon lui semble à reprendre un travail, lui donne aussi l'occasion de parader partout dans une tenue idoine aux yeux de Jos. Lise exerce son pouvoir jusque dans la chambre commune où elle en abuse sans vergogne.

Emma accuserait-elle Lise de harcèlement qu'on la fustigerait autant que cette dernière. « Pourquoi ne l'as-tu pas dénoncée plus tôt ? » lui demanderait-on. « Pourquoi ne l'as-tu pas incitée à changer de comportement ? L'as-tu aidée dans ses efforts pour s'amender ? Et puis, tes accusations, si justifiées soient-elles, ne seraient-elles pas le fruit de la jalousie que tu éprouves envers ta cochambreuse ? Tu envies les privilèges qu'elle a obtenus. Fais comme elle, tu en auras toi aussi. »

Emma préfère endurer en silence. Elle se dit que le jour approche où Lise se cassera la gueule. Cela arrive à tous au Centre. L'accumulation de mérites n'a jamais sauvé personne. Ici comme ailleurs.

Juchée sur un tabouret, Emma nettoie le dessus de l'armoire à épices. Une tâche qu'elle déteste à cause des échardes. À genoux, à ses genoux presque, Marc lave le plancher. Il peine, le souffle court.

« Regrettes-tu ta décision de rester, Marc ?

– Je ne veux pas en parler. »

Il lui a répondu entre un coup de brosse et un regard jeté sur l'escalier qui mène à la chambre d'isolement où se morfond Sophie depuis sa tentative d'évasion.

Encore plus que la peur de la prison, ne serait-ce pas la présence de Sophie qui incite Marc à demeurer à Nuit et Jour ? « Et moi qui voudrais tant en sortir ! pense Emma. Si, au moins, on me laissait contacter Jean-Marie. » Un vain espoir qu'elle refoule en s'adressant à nouveau à son voisin de corvée.

« Journée maussade, n'est-ce pas, Marc ?

– Ouais ! Si on veut. »

Décidément, le gars n'est pas causant… et pas très remuant non plus, si elle en juge par le rythme de ses coups de brosse. Cela intrigue Emma. Malgré son obésité, Marc est habituellement alerte. Elle décide de le piquer un peu :

« Tu as oublié de nettoyer sous la cuisinière. Lise ne manque jamais d'y fourrer le nez. »

Sans un mot, l'obèse s'écarte du tabouret et se traîne jusqu'à l'appareil. Ses doigts boudinés ont peine à se glisser dessous. Sa main va et vient à la vitesse d'un escargot. Il semble que Diane a enfin réussi à en faire une loque. Le gars a l'air complètement à plat, vidé de lui-même, prêt à endosser la personnalité que lui imposera la directrice. À moins qu'il ne se ressaisisse, Marc risque fort de devenir un « bon gars ».

Ses tâches terminées, Emma retourne à sa chambre où elle trouve Laura, une nouvelle, en train d'en nettoyer le tapis élimé. Comme il n'y a pas d'aspirateur, on le nettoie avec un chiffon, de l'eau et du savon. À chaque opération, un peu du tapis accompagne la poussière enlevée.

« Laura va dormir avec nous, annonce Lise qui fait semblant d'aider au ménage de la chambrée.

– Et Sophie ?

– Tu sais bien que Diane va la foutre à la porte. »

« Non sans l'avoir préalablement traînée devant le juge », pense Emma en se dirigeant vers sa table de chevet sur laquelle on a déposé sa première cigarette du jour. À Lise, elle dit :

« J'ai terminé ma tâche. Tu peux aller l'inspecter.

– Pas avant que Laura ait fini de nettoyer le tapis.

– Marc, lui, a terminé sa tâche. Son plancher est propre. Vas-y avant qu'on ne marche dessus.

– J'irai tout à l'heure.

– Tu sais bien qu'il a hâte de fumer sa cigarette. Vas-y tout de suite, ou je le dis à Serge. »

Sur ces mots, Emma allume sa cigarette et s'apprête à rejoindre ceux qui, sur la galerie, tirent déjà leurs premières bouffées de la journée. Lise décrète :

« Tu n'as pas le droit de fumer avant que j'aie inspecté ta tâche. »

Emma hausse les épaules et sort. Ses bonnes résolutions, elle les met pour l'instant entre parenthèses.

Serait-ce un effet bénéfique du « moyen » qu'on leur a imposé ? Sagement appuyés à la balustrade du balcon, main dans la main, Jules et François discutent calmement. Un peu plus loin, une cigarette à la bouche, Marc attend la permission de Lise avant de l'allumer. Son regard est éteint : à ne pas approcher, aujourd'hui du moins. Arrivent Paul et Roger qui viennent de terminer le lavage des vitres. Emma s'adresse à Paul :

« Es-tu au courant de ce qui va arriver à Sophie ?

– Tu sais bien que Diane a déjà téléphoné à l'agent de probation. Sophie va retourner en prison. Elle a couru après : on n'est pas ici pour s'amuser, mais pour travailler à s'en sortir. »

Roger le converti approuve du chef, Emma reprend :

« Il n'y a pas si longtemps, tu semblais bien t'amuser avec elle, pourtant.

— Je ne l'ai pas vue venir. Elle m'a embobiné. C'est une pute.

— C'est toi, l'emberlificoteur. Et tu recommences avec Lise. C'est vrai qu'elle ne vaut pas mieux que toi. Elle, c'est une vraie pute.

— Je ne suis pas mieux que qui ? »

La question a été hurlée par une Lise qui surgit sur le balcon. Sale habitude qu'a Emma de parler haut et fort quand la situation imposerait plutôt le murmure. Comme d'habitude, Paul se met du côté du manche.

« Ne t'en fais pas, Lise. Tu connais Emma : toujours en train de blâmer tout le monde. Mais c'est elle qu'on va juger au bilan de ce soir. »

Emma s'éloigne un peu avant que Lise ne surenchérisse. Elle vient encore de parler comme une idiote incapable de se dominer, toujours en train de piquer quelque crise puérile. Une imbécile qui agit comme si elle voulait retarder le jour où elle pourra enfin retrouver son Jean-Marie. Elle s'en veut tellement.

Et Marc qui n'a pas dit un mot. Emma ne le reconnaît plus. Ce qu'elle a le goût de fuir ! Sophie, elle, a osé. Ce qui a empiré sa situation.

Ils sont toujours sur le perron où Emma cause avec Laura. La nouvelle lui parle de ses problèmes de drogue et d'anorexie. Elle tremble, elle est au bord des larmes : « Je n'aime pas cet endroit et la directrice me fait peur. » Emma voudrait la consoler et la prévenir de ne pas tenir de tels propos devant les autres résidants ; ils les rapporteraient à Diane. Mais elle sait aussi que, dans quelques semaines, ce sera Laura dont on aura lessivé le cerveau qui dénoncera celle qui l'aura prévenue. Emma esquisse tout de même un geste de réconfort. Arrive Serge. Il leur annonce que Jos, pour une raison importante mais non précisée, doit rogner de cinq minutes leur pause cigarette.

Aucune protestation. Quelques soupirs, cependant.

« Jos veut te voir, d'ajouter Serge en désignant Emma du doigt. Il est dans son bureau. »

Serge et Jos : deux inséparables, paraît-il, du temps où ils consommaient. Après cinq mois de thérapie – cinq mois seulement ? Tiens, tiens ! Curieux ! – Jos aurait convaincu Serge de suivre le même parcours, puis l'aurait recommandé à Diane pour un poste d'aide-thérapeute.

En se dirigeant vers le bureau de Jos, Emma s'interroge. Pourquoi l'ex-héroïnomane miraculé lui accorde-t-il l'insigne honneur d'un entretien particulier ? Aurait-il quelque chose d'important à lui annoncer ? Quelque chose en rapport avec la jambe de Jean-Marie ? Concernant l'état de santé de Jean-Marie ? Prince serait-il mort ? Emma a les jambes en flanelle et un poids écrase sa poitrine.

Elle frappe à la porte du bureau et entre. Jos ne se lève pas pour l'accueillir mais la dévisage avec arrogance selon son habitude. Une face à fesser dedans !

« C'est à propos de Sophie… »

Soulagée, Emma ne peut réprimer un soupir. « Pour son bien, Diane croit qu'elle doit accepter de demeurer à Nuit et Jour et recommencer sa cure. » Emma le voit venir : « Et tu aimerais bien faire plaisir à Diane en réussissant à convaincre la rouquine de rester », pense-t-elle.

« Veux-tu que Sophie s'en sorte ? »

Le ton est moins insolent, la mine presque avenante.

Emma acquiesce. Que faire d'autre ?

« J'aimerais que tu l'encourages à rester. Je pense que tu peux l'influencer. Mais il faut que tes propos soient sincères, il faut que tu croies vraiment aux bienfaits de la thérapie dans son cas. »

On vient d'enfermer Emma dans un dilemme : ou elle refuse et explique à Jos pourquoi ce qui sied à elle-même, puisqu'elle reste, ne conviendrait pas à Sophie ; ou elle accepte et s'enfonce encore plus dans le mensonge. En l'obligeant à s'avilir davantage, les salauds renforcent leur emprise sur elle.

« Acceptes-tu ?

– Oui. »

Dehors, les nuages s'écartent un brin : clin d'œil du soleil. Découragé par la vanité de ce qu'il aperçoit, l'astre tire à nouveau les rideaux.

11

L'escalier débouche sur un long corridor. À droite, le bureau de Diane et une salle de thérapie dont on ne se sert à peu près jamais ; à gauche, les chambres-bureaux de Serge et Jos que toilettes et douches séparent de l'enfilade des cellules où, deux par deux, crèchent les résidants masculins. Comme une thérapeute doit demeurer au Centre la nuit, Josiane et Renée partageaient la chambre-bureau du rez-de-chaussée. Josiane l'occupe seule à présent, depuis le départ de sa collègue qui n'a toujours pas été remplacée. Difficulté de trouver une recrue béni-oui-oui qui ne rechignerait pas à se plier aux caprices de sa patronne et accepterait sa grotesque philosophie ? L'étage abrite aussi, tout au bout du corridor, la chambre d'isolement : petite, sombre et basse de plafond. Son unique et minuscule fenêtre donne sur une falaise proche piquée d'épinettes noires. Un gîte par beau temps imbuvable, et mortel quand il pleut. Emma cogne à la porte, entend un grognement et entre. Elle aperçoit une vieillarde.

Comment Sophie a-t-elle pu maigrir à ce point et en si peu de temps ? Et vieillir autant ? Où sont donc passées son étincelante crinière, son allure altière, son arrogance ? Ses yeux, d'habitude vert émeraude, font pour l'heure penser à des culs de bouteille. « Elle prend la couleur du décor, se dit Emma. Un décor désespérant pour un grand désespoir, et un accoutrement à l'avenant. » Sophie porte une chemise sale, un jean raide et maculé, et ne se lave plus, comme en témoigne la forte odeur qui flotte dans la pièce. Ne l'a-t-on pas traitée de dépravée ? Pourquoi accorderait-elle de l'attention à une carcasse pourrie ? Sophie ne cesse de retrousser sa lèvre supérieure : un tic qu'Emma n'avait pas remarqué auparavant.

La rouquine la regarde, retrousse sa lèvre encore une fois et lui lance un regard haineux. « Elle m'en veut de l'avoir trahie, se dit Emma. Mais qui donc, ici, ne trahit pas ? »

Des secondes passent, passe l'éternité. Sophie ne dit rien, continue à fixer l'intruse d'un regard éteint. Emma cherche comment entamer la conversation. Elle pense à Jean-Marie, à elle et Jean-Marie, à Roméo et Juliette. Elle vient de trouver.

« Tu connais le syndrome de Roméo et Juliette ? » demande-t-elle à Sophie.

Serait-ce gagné ? La rouquine a souri et répondu :

« Je suis fière d'être dépendante affective… Tu viens de la part de Diane, n'est-ce pas ? »

Pas folle, la fille. Emma avoue.

« Pour me convaincre de rester, n'est-ce pas ? »

Emma baisse la tête.

« Tu perds ton temps. Je ne resterai pas. La place d'une pute, c'est le trottoir.

— Ne dis pas ça.

— Je dis la vérité. À six ans, je couchais avec mon oncle pour de l'argent de poche. À treize ans, avec mon prof de maths. Lui, c'était par amour, que je croyais. J'ai laissé l'école à quatorze ans. Depuis, je couche avec tout le monde. Pour de l'argent, pour une robe, pour une paire de souliers, pour de la drogue, pour tout ce que tu voudras.

— Pense à ta mère.

— Pire pute que ça, ça ne se trouve pas. Je suis pute par atavisme et vocation. C'est ma destinée, c'est mon karma. Je n'en ai jamais eu honte… du moins avant de venir ici. Diane aussi est une pute. Mais elle, c'est en dedans. »

Sophie s'est mise à pleurer. Emma jette un coup d'œil à la fenêtre. Il pleut maintenant sur les épinettes noires.

« Peut-être t'es-tu prostituée, Sophie, mais tu n'*es* pas une pute. Personne n'*est* une pute. Bon ! La Diane, peut-être. C'est sa perversité qui l'a rendue ainsi.

— Je ne resterai pas ici et je ne retournerai pas en prison. La prison, c'est trop sale, même pour quelqu'un comme moi. C'est la rue, mais en pire. C'est bruit et fureur, la prison : des portes qui claquent, des gueules qu'on claque, des cris de haine et de désespoir. La prison, c'est mensonge et fabulation. Chacune se rêve un prince charmant qu'elle raconte aux autres. Quelques-unes s'en trouvent "une". Et tout le monde de jalouser tout le monde.

— Ici, tu n'es pas en prison.

— Ici, c'est pire. Les commissaires m'ont proposé une thérapie, j'ai accepté ; je veux changer de vie mais on m'a plongée en enfer. Je n'irai plus en prison et je ne resterai pas ici.

— Où pourrais-tu aller ? Au Mexique ? aux îles Fidji ? à Hawaï ? Sois raisonnable, voyons ! Tu ne parlais pas ainsi il y a quelques semaines.

— Je m'accrochais à cause de Paul. Je croyais qu'il m'aimait. Le menteur !

— Fais comme avant, Sophie, fais semblant de croire à cette merde dont on nous rabat les oreilles. Fais semblant et on te fichera la paix. Fais semblant et demeure la même en dedans.

— Je ne suis plus capable… »

Emma se dit : « Pute peut-être, cette Sophie, mais bien plus intègre que moi. » La rousse a replié ses bras sur la table, sa tête repose dessus. Elle pleure à nouveau. À gros sanglots. Emma a honte de ce qu'elle fait. L'autre relève la tête, la regarde. Ses yeux mouillés ont repris l'éclat de l'émeraude.

« Va-t'en, Emma ! Fous le camp ! Tu perds ton temps. Je ne changerai pas d'avis. Je n'écouterai pas l'envoyée de Diane, la servante de Diane, la lèche-cul de Diane. Emma la têteuse sous ses grands airs de pureté ! Emma l'instruite, qui parle juste et faux. Emma l'hypocrite. Emma la… »

Emma recule vers la porte. Elle sort et trébuche sur une boîte qui traîne dans le corridor. Ce regard de Sophie, c'est celui de Louise il y a dix ans. Louise… une amie, fréquentant comme elle l'université. Lorsque Emma a préféré les ruelles aux corridors du Savoir, elle n'a plus revu Louise sauf une fois… La paume tournée vers le ciel, elle quêtait à l'une des sorties de la station Berri-UQAM quand Louise est passée d'un pas pressé, l'air important. La reconnaissant, l'étudiante lui a lancé un regard de mépris qui a glacé Emma jusqu'aux os. Sophie lui rappelle Louise. Elle a froid soudain.

Lorsque Emma entre dans la chambre, Lise et Laura en sont toujours à frotter le maudit tapis. Ne la laissera-t-on jamais seule ? Elle voudrait s'isoler pour réfléchir en paix. Ici, tout est mis en œuvre pour les empêcher de penser par eux-mêmes. La réflexion nuirait à la digestion de la pensée correcte dont on les gave. Tout à coup, Emma pense aux chiens ! Avec eux, elle aura la paix. Elle ira donc les nourrir, même si c'est déjà fait. Ils ne protesteront pas. Elle se dirige vers la porte.

« Où vas-tu ? lui demande Lise. Tu n'as pas le droit de nous laisser tout le travail.

— Je vais nourrir les chiens. »

— Ne me dis pas que tu vas nourrir les chiens, Emma. Je sais que c'est déjà fait. »

Lise la kapo a fait diligence. Il faut le lui accorder. Après un court passage aux toilettes, Emma va sortir quand Jos lui saisit le bras.

« J'étouffe. J'ai besoin d'air.

— Tu aurais dû prévenir Serge. Il t'aurait accompagnée. D'ailleurs, ne devais-tu pas me faire rapport de ton entretien avec Sophie dès qu'il serait terminé ?

— Je te dis que j'étouffe.

— Et moi, je te dis que tu étouffes parce que tu as peur de me faire un rapport. Tu as échoué. Pas vrai ?

— Elle ne veut pas rester.

— J'ai l'intuition que tu n'as pas tellement cherché à la convaincre. Bon ! Retourne à ta tâche. Va-t'en nettoyer le tapis, puisque c'est tout ce que tu sais faire. Nous nous reparlerons au bilan du soir. »

Rage rentrée, Emma retourne à sa chambre. Chemin faisant, elle se heurte presque à Paul et Serge. Derrière son dos, elle entend grogner Jos :

« Que fais-tu là, Serge ? Tu sais bien qu'il y a plusieurs appels à faire pour la fête anniversaire du Centre ! »

Seigneur !

« Et toi, Paul, accompagne Emma à sa chambre. Et assure-toi qu'elle aide bien Lise et la nouvelle à nettoyer le tapis. »

Paul a voulu entrer, mais Emma lui a claqué la porte au nez.

« Je vais le dire à Jos ! » a-t-il crié en s'éloignant. Lise a pris le relais en lançant :

« Te voilà enfin. C'est pas trop tôt. Je me sauve. J'ai des tâches à vérifier. »

Emma s'agenouille à côté de Laura en songeant : « Une excuse pour aller retrouver son Paul. »

La fille semble timide, sans malice, prête à tout gober. C'est pourtant elle qui amorce la conversation. Besoin de se confier ?

« J'ai quelqu'un qui m'attend », dit-elle à Emma.

Et la voilà qui se met à lui raconter sa vie, à lui parler du copain avec lequel elle habite depuis deux ans. Un tendre amant, bon et compréhensif, pour lequel elle se prostituait.

« Il est malade. Il fallait bien vivre.

— Se drogue-t-il ?

— Oui. C'est ce qui le maintient en vie.

— L'argent que tu gagnais servait donc à payer sa drogue.

— Il en avait besoin.

— Et toi, en prenais-tu ?

— Oui, pour l'accompagner. »

Emma ne répond pas. Elle frotte si fort le tapis qu'elle le perce.

12

C'est jour de fête à Nuit et Jour. On célèbre le huitième anniversaire du Centre. Une drôle de fête où la plupart des invités affichent triste mine. Le grand salon bleu est plein à craquer de frères, de sœurs, de pères, de mères : des proches de camés peu enclins à la jubilation. On a le caquet bas, quand le fils ou la fille se drogue. À leur gêne aux entournures, on reconnaît ceux qui en sont à leur première visite. Papa et maman ne quittent pas des yeux leur cher petit, à la recherche du moindre signe de progrès. Et leur espoir est tel qu'ils parviennent à en trouver. « Tu te plais toujours ici ? – Oui maman. – En tout cas, tu as un bien meilleur teint que la dernière fois. Manges-tu bien au moins ? – Oui maman. – On ne t'en fait pas trop arracher, j'espère ? – Non maman. – Ça paraît que tu commences à faire un homme de toi. – Oui papa. » Âge moyen des petits : vingt-neuf ans. Emma se trouve chanceuse : pour toute parenté, il ne lui reste que mère et sœur qui, certainement, ne viendront pas la voir.

Résidants et parents sont donc là, assis ou debout dans le grand salon, ou dehors sur la galerie, ou, encore, déambulant au bord du lac, malgré le léger crachin. Parmi eux : la mère supérieure et la sœur trésorière, reconnaissables à leur voile blanc et leur longue jupe sombre. Des religieuses de la communauté des Sœurs grises, des voisines. Sainte Diane s'arrête souvent devant elles. Elle émet quelques banalités amènes et pieuses, puis s'en retourne butiner d'autres fleurs à miel. Avec les plus riches, elle cause plus longtemps.

Les religieuses viennent fréquemment au Centre Nuit et Jour qui n'existerait pas sans le terrain qu'elles ont cédé gracieusement, les meubles, la nourriture et autres biens qu'elles fournissent sur une base régulière. Comme tout le monde aime les Sœurs grises, les dons affluent chez elles. Le surplus, les bonnes sœurs le distribuent à qui fait œuvre pie et charitable et sait se maintenir dans leurs bonnes grâces. Leur foi n'altère en rien le sens des affaires de ces femmes avisées qui toujours s'assurent que les sommes données servent à des fins idoines. D'où leurs fréquentes visites au Centre.

Diane s'est si souvent pointée au couvent des Sœurs grises qu'elle en a cultivé le désir de se reposer d'une vie toute de dévouement dans le cimetière attenant. Rusée la Diane, qui espère bénéficier d'une éternité de nonne. On croyait à des ragots jusqu'à ce que Jos, qui en sait beaucoup sur la vie intime et les désirs secrets de sa patronne, se soit un jour publiquement offusqué du refus des religieuses de donner asile à la dépouille de Diane. « C'est une insulte à sa bonté d'âme ! » s'est-il exclamé. Mais Diane ne désespère pas. Elle est opiniâtre. Contre vents et marées, elle compte bien l'obtenir, sa sépulture en terre deux fois sainte. Un petit monument avec ça, avec épitaphe appropriée ?

Pour l'heure, sainte Diane arpente le grand salon bleu. Elle passe devant la mère de Laura, une rousse qui n'a d'yeux que pour sa fille, que pour les bras squelettiques de sa fille. Et sa bouche pincée affiche les rides de son cœur. À côté d'elle se tient le père de Sophie. Il cherche partout sa fille, ne la voit pas. Il essaie d'attirer l'attention de Mme la directrice. Hélas ! Elle s'enfuit déjà au loin, moulée dans sa robe beige clair échancrée dans le dos. Mais voilà qu'elle s'arrête devant M. et Mme Fournier. Mais c'est qu'elle minaude, la garce ! Et que je vous souris de toute mon éclatante dentition et que je fais remarquer à madame que sa nouvelle robe lui va à ravir. « … Et laissez-moi vous dire que votre Paul fait des progrès étonnants… Et puis, merci pour votre don. Il aidera à faire réparer le toit… Bon ! Je me sauve. J'aimerais bien m'entretenir plus longtemps avec vous, mais on me demande partout. » Sur ce, sainte Abeille poursuit sa voltige d'un parent à l'autre. Il y en a tant qu'on ne saurait les compter.

Les autres dimanches, les jours de visite ordinaires, il y en a beaucoup moins. Les doigts suffisent amplement pour les dénombrer. C'est que la visite des proches est un privilège que les résidants doivent obtenir par une conduite irréprochable. Et comme rien n'échappe au regard scrutateur de la patronne ou à l'œil de lynx de son cher Jos…

À titre d'exemple, prenons le cas des Boileau, les parents de Marc. Bien que leur fils réside au Centre depuis plus d'un an, ils n'en sont qu'à leur première visite. Bon, ils habitent au diable vert, mais ça n'explique qu'en partie leur absence les autres dimanches. Le père a les rondeurs de son fils. Sa jovialité et son franc-parler rappellent ceux de Marc, il y a peu encore. Pour l'heure, il s'adresse à sa femme :

« Je te dis que Mme Clermont est une prétentieuse.

— Voyons donc !

— Regarde-la marcher. On dirait un mannequin à un défilé de mode.

— Elle est bien trop petite pour ça !

— C'est à sa démarche que je fais allusion. Pas à sa taille. Et rappelle-toi sa façon de conduire. Pour nous impressionner.

— C'est vrai qu'elle allait vite », admet Annette.

Sa bouche est petite. Ses joues sont rondes et rubicondes.

« C'était pour nous en mettre plein la vue. Elle savait qu'on la suivait. As-tu vu les tapettes ?

— Des tapettes ? Des tapettes à mouches ?

— Non, des tapettes tout court. Les deux gars qui se tiennent la main, là-bas, dans le coin.

— Arrête tes niaiseries ! Tu sais bien que c'est un "moyen" de Diane pour les faire réfléchir. Elle nous en a parlé, ce matin, à Saint-Hyacinthe, à la réunion des parents.

— Bon ! Je te concède que c'est un "moyen". Mais ça fait tapette en diable. Crois-tu qu'elle est lesbienne ?

— Qui ?

— Diane Clermont.

— Arrête-moi ça !

— Ha, ha, ha ! Ah ! attention : la voilà qui se dirige vers nous. »

Elle s'approche en effet, précédée d'effluves m'as-tu-vu.

« Monsieur et madame Boileau ! Je peux enfin vous parler. Marc est un garçon très difficile, vous savez. Un cas lourd, dans tous les sens du terme. »

Les joues replètes d'Annette s'empourprent davantage. Elle ouvre la bouche, mais c'est Antoine qui parle. Ce faisant, il se tape la bedaine.

« Marc tient de nous. Nos deux familles pètent de santé. N'est-ce pas Annette ?

— Marc n'est pas difficile. Il mange n'importe quoi.

— Il mange trop et il ne bouge pas assez. Votre fils est gourmand et paresseux. C'est sa mollesse qui l'a mis dans le pétrin. Il a besoin d'une poigne ferme. Vous vous êtes montrés trop coulants avec lui. »

C'est qu'elle sait parler avec fermeté, la Diane. Une fermeté qui laisse Annette bouche bée, mais impressionne peu Antoine.

« Marc a eu des problèmes, mais, au fond, c'est un bon garçon.

— Un bon garçon qui a volé une grosse somme pour payer sa cocaïne.

— Il n'avait pas le choix : c'était pour rembourser des shylocks. On l'a entraîné. Il n'a pas fait assez attention à ses fréquentations.

— Il a consommé parce qu'il ne sait pas se contrôler. Il a bu parce qu'il ne sait pas se contrôler. Ici même, à peine lui tournons-nous le dos qu'il s'empiffre comme un goinfre. Marc est devenu un gros flanc-mou parce que vous l'avez trop gâté. Il…

— Assez ! »

Toute timidité envolée, Annette a crié. Tout le monde la regarde, alors que Marc s'approche.

« Il y a d'autres endroits qu'ici. Marc va faire ses bagages et s'en retourner avec nous. Il y a quand même des limites à… »

Son fils l'interrompt :

« Elle a raison, maman.

– Tu ne resteras pas un jour de plus ici !

– Je veux rester, maman. Je veux changer. »

Et voilà qu'il s'éclipse, Diane à sa suite, laissant sur place des parents pantois et minables.

« Tu viens ? » demande Antoine à Annette.

Ils se dirigent vers leur voiture ; elle pleure, lui la console en lui tapotant l'épaule. Quant à Diane, elle a épinglé le père de Sophie et lui parle longuement. L'autre hoche souvent la tête, comme s'il n'était pas d'accord.

« Est-ce que c'est toujours comme ça ? »

Emma sursaute et se retourne face à la copie de Laura qu'elle a entrevue tout à l'heure. Un homme l'accompagne : son mari, suppose Emma, ou le père de Laura, ou à la fois l'un et l'autre. Cela arrive encore de nos jours.

« Je pense que nous avons bien fait de placer Laura ici. Elle a bien des problèmes à régler. En plus d'une anorexie qui dure depuis des années, il y a huit mois elle s'est mise à s'injecter de la coke. Une mauvaise fréquentation. Elle s'est trouvée au mauvais endroit lors d'une descente policière. Pas question qu'elle aille en prison. Il vous est arrivé à peu près la même chose, je suppose.

– Euh… Oui. Rien de bien grave.

– Vos parents sont-ils présents ? » lui demande monsieur.

Emma estime que son histoire familiale ne regarde qu'elle seule. Elle invente donc.

« Mon père est vieux et ma mère est malade. Ils habitent trop loin. »

Sur ces mots, elle les quitte. L'interrogatoire a assez duré.

Besoin d'air : Emma sort sur le perron. Elle est éblouie. La pluie a cessé et le soleil vient tout juste de réapparaître, c'est comme si le monde naissait à nouveau. Elle pense à son enfance. Pourquoi ne peut-elle pas renaître, elle aussi ?

Elle revoit le sous-sol de la demeure familiale où, fillette, elle s'entourait de livres et de magie. Pelotonnée sur un vieux fauteuil, tout lui semblait possible et facile. Elle avalait la vie, absorbant chaque phrase contenue dans les bouquins comme un élixir de bonheur. Pas une héroïne qui ne fût elle, pas une passion qu'elle ne ressentît jusqu'au plexus... Pourquoi donc ne peut-elle renaître ?

Emma arpente le terrain. À l'angle nord-ouest, face au lac, se tiennent les deux religieuses. Elles discutent ferme. Peut-être n'ont-elles pas apprécié la manière d'agir de Diane avec les Boileau. Mais voilà que les Fournier lui tombent dessus. Ce sont les riches parents du bellâtre Paul, le tombeur de ces dames.

« Quelle femme ! lui dit monsieur d'entrée de jeu. Une poigne ferme. Exactement ce dont Paul a besoin. Il nous dit se plaire ici. Et vous ?

— Bien...

— Vous avez fait l'université, à ce que Paul nous a dit. »

C'était madame. Si ces gens-là vous coupent la parole sans en éprouver la moindre gêne, c'est qu'ils sont convaincus que ce qu'ils ont à dire est nettement supérieur à ce que vous alliez proférer.

« Euh...

— On voit que vous n'êtes pas une fille de rue. Paul nous a dit que c'est un de vos professeurs qui vous a entraînée à consommer de l'héroïne. Vous devez drôlement le haïr.

— Je n'étais plus une enfant, vous savez. Oh ! Excusez-moi. Je viens d'apercevoir un intervenant à qui il faut absolument que je parle. »

Ouf ! Emma s'esquive et aborde Serge qui dissimule mal sa joie de la voir. Il l'aime bien, ça crève les yeux.

« Il y a beaucoup de monde, n'est-ce pas, Serge ? Diane a du pain sur la planche : beaucoup de gens importants à taper. Crois-tu qu'elle ramassera assez de sous pour faire agrandir la cuisine ?

— Je ne sais pas. Je ne me mêle pas de ça. Ce n'est pas de mes affaires. »

Il fixe le sol. Gêné comme ça ne se peut pas. Il relève la tête, fuit le regard d'Emma, dirige le sien en direction du lac, ajoute :

« Tu t'es maquillée, Emma. Tu sais que c'est défendu.

— Lise m'a dit que c'était permis aujourd'hui, pourvu qu'on n'exagère pas.

— C'était pour te tester. Regarde-la bien. Elle n'a rien mis… »

La salope l'a piégée. À l'instigation de Diane ou de Jos, c'est certain. Et voilà Serge qui, par lâcheté ou pour se donner l'illusion d'une autorité qu'il n'a pas, entre dans leur petit jeu hypocrite. Emma juge qu'il ne vaut pas mieux que les autres.

« Tu n'aurais pas dû suivre son conseil. Nous en reparlerons ce soir, au bilan. »

Emma lui tourne le dos aussi sec et rentre dans la maison. Lise la souris est dans la salle à manger. Elle lui fait signe de la rejoindre pour l'aider à préparer le buffet. Emma se voit condamnée à nourrir cette bande d'hypocrites et de pleurnichards. « Prince, viens chercher ta Ma ! »

13

Dix heures du soir. Canettes écrasées, ballons crevés, guirlandes déchirées. Les détritus couvrent le terrain, souillent la plage, débordent jusque dans le lac. Au large vogue un chapeau de papier.

Les derniers invités viennent de partir, sauf le père de Sophie, en tête-à-tête avec Diane. Plus qu'un entretien, une confrontation. L'homme, de modestes apparence et condition, a longtemps résisté, du mieux qu'il le pouvait, avec les mots qu'il avait. Mais le duel est inégal. C'est qu'elle sait convaincre la Diane, et emberlificoter le monde avec son vocabulaire spécialisé. Elle appelle Serge, lui demande d'aller chercher Sophie. « Vous prendrez bien un café, monsieur ? » En montant l'escalier, Serge jette un coup d'œil par la fenêtre qui donne sur le lac. Il aperçoit Emma, s'attarde quelques secondes. À l'horizon, la lune se lève.

Emma n'a pas encore vu les reflets de l'astre sur le lac. Elle pense à ses collègues chargés du nettoyage de la maison. Et comme, principe immuable, personne ne pourra rejoindre son plumard avant que tout brille comme un sou neuf, leur plaisir risque de durer.

Elle passe devant la porte grillagée qui s'ouvre sur la cuisine. Elle entend la vaisselle s'entrechoquer. Mme la directrice ne prise pas les assiettes en carton et les ustensiles en plastique. Pas assez chic quand elle reçoit et trop chers de surcroît. Combien d'assiettes, de bols, de tasses ont-ils à laver ? D'ustensiles à récurer ? De chaudrons à astiquer ? Emma a de la chance : avec Marc et Paul, on l'a assignée au nettoyage du terrain. Un dur labeur, certes, mais une sinécure eu égard aux corvées d'en dedans sous une chaleur d'étuve.

La porte claque derrière Jos qui fonce tout droit sur eux. Il tance Paul en lui montrant la véranda : « Les autres ne la nettoieront pas à ta place ! » À Marc et Emma, il montre le terrain, hurle quelques ordres et rentre, plus que jamais d'une humeur de chien. L'objet de sa dévotion ne l'a-t-elle pas ignoré toute la journée ? À un certain moment, la directrice a même flirté avec le père de Paul. Jos l'a vue faire. Sa mine a changé soudain : deux trous gris et tristes à la place des yeux. Malgré son aversion pour l'intervenant, Emma s'est apitoyée. Mais la Diane peut continuer de draguer qui bon lui semble, son garde-chiourme s'acquittera toujours de sa tâche avec zèle. La jeune fille soupire et commence à nettoyer. Sur les tables et par terre s'entassent des reliefs dégoûtants. Emma a un haut-le-cœur.

Ils travaillent en silence. Marc posément, Paul négligemment, Emma à toute vitesse. Elle n'y peut rien, c'est dans sa nature. Le mutisme de Paul l'intrigue. Où est donc passée sa faconde ? Il fait la moue. On dirait même qu'il va se mettre à pleurer. L'enfant gâté commence-t-il à en baver ? D'ordinaire, il crâne, joue au vacancier dans une ville d'eaux. L'aisance de ses parents lui vaut quelques passe-droits, mais, comme eux tous, il subit l'infâme tyrannie de Diane et de ses sbires. La journée a été dure ; ce soir, il en a plein le dos. Le gars a beau lui être antipathique, elle se rend compte qu'il souffre lui aussi ; comme Jos, comme tous les autres, comme elle...

Marc, lui, fait comme si de rien n'était. D'ailleurs, depuis quelque temps, l'obèse ne communique que par grognements. Simiesque régression.

La corvée s'achève. Accroupie au pied d'un arbre, Emma pleure. Elle ne sait plus rien que la peine atroce qui lui consume le ventre. Elle a mal ! Elle appelle Prince. Son corps inassouvi se rappelle leurs étreintes. Pourquoi ne s'est-elle pas arrêtée de voler à temps ? alors qu'il était encore possible de revenir en arrière ? alors que le prix à payer était encore acceptable ? Prince est un enfant malade. Elle l'a abandonné et ne se le pardonne pas. Des souvenirs de leur commune aventure remontent à son esprit, se liquéfient, inondent à présent son visage, qu'une lune cruelle et impudique éclaire crûment. Paul détourne froidement la tête, mais l'obèse s'approche délicatement, pose une main comme un baume sur l'épaule d'Emma et la force à le regarder. Ses yeux plongés dans ceux de la jeune fille ressemblent à des caresses. Ils sèchent ses larmes.

Sur un bruit de porte à nouveau claquée, apparaissent Jos, Josiane et Roger. Un fameux triumvirat qui les regarde de haut vu que, leur tâche accomplie, ils se sont assis, Emma dans l'herbe et les yeux secs, les deux autres sur les marches du perron.

« Déjà avachis ? ironise Jos. Vous auriez dû attendre que Josiane ait vérifié votre ouvrage. Bon ! Nous verrons. Comme Lise en a plein les bras en dedans, c'est Roger qui va aider Josiane. »

Décidément, Emma déteste Jos. Il le lui rend bien, d'ailleurs. Toujours à la reprendre, à lui reprocher des vétilles, à la chercher, à l'insulter. Comment peut-il prendre plaisir à humilier ainsi les autres ? Perversité innée ? Mimétisme inconscient ? Diane l'a mis à sa main, elle l'a envoûté. Entre Jos et sa patronne on sait ce qui se passe ; c'est un secret de Polichinelle. Son statut spécial, Jos ne veut le perdre à aucun prix, dût-il écraser les autres pour le conserver. « Dire que tout à l'heure j'éprouvais de la compassion pour lui », se dit Emma. Au fond, elle n'en a rien à foutre des états d'âme de l'intervenant. Une seule chose lui importe : quitter Nuit et Jour au plus sacrant.

Voilà que la scène vire au comique maintenant. Josiane et Roger inspectent la moindre parcelle de terrain, tandis que Jos, les poings sur les hanches, le regard altier, vérifie quant à lui que les inspections se font correctement. Jos est une sorte d'inspecteur d'inspecteurs, un inspecteur au carré.

« Ouf ! » fait Emma. Il semble que l'état de la parcelle qu'elle a nettoyée satisfasse furet, fouine et contrôleur. Mais que vont-ils dire de la véranda où traînent toujours quelques ballons crevés ? Et n'est-ce pas un gros morceau de gâteau qui, là-bas, macule une chaise ? L'obscurité ne le camoufle guère. Que ne s'assoient-ils dessus ! Eh bien ! Cette négligence de Paul, qui pourtant saute aux yeux, n'a pas su attirer l'attention des fouille-merdes, puisqu'ils se dirigent maintenant vers la partie de terrain dont Marc a la responsabilité. Il n'est pas de plus grand aveugle que celui qui ne veut pas voir. Paul, anxieux, regarde Emma. Va-t-elle moucharder ? Il peut se rassurer : Emma n'est pas faite de son bois. Elle ne bavassera pas.

« Eh bien, Marc ! Que voilà une belle négligence de ta part. »

Jos tend vers l'obèse la canette que Roger vient de décoincer entre deux basses branches, là où il fallait vraiment chercher pour trouver. Le fautif reste coi. N'était l'éclat méchant, vite éteint, de son regard, on le dirait totalement impassible.

Le silence perdure. Jos roule des yeux menaçants. On entendrait une mouche voler. Emma se retient de crier ce qu'elle a sur le cœur : « Tu es un hypocrite, Jos. Tu fermes les yeux sur une évidente négligence de Paul alors que tu t'offenses d'une vétille de Marc. Et toi, Josiane, tu serais millionnaire si la lâcheté rapportait. Quant à toi, Roger… Il te sera beaucoup pardonné, car tu ne sais plus ce que tu fais. » Emma se tait, pourtant. Par dégoût de la délation, mais aussi par calcul. Plus elle sera sage, plus vite on la relâchera. On ne la traitera jamais plus de sauveteuse. Chaque soir, au bilan, elle se présentera aussi vierge et pure qu'à sa naissance.

Mais que cache donc la soumission de Marc ? Il se comporte comme un agneau sur l'autel du sacrifice. Marc, un agneau ? Cela étonnerait beaucoup Emma. Elle le soupçonne plutôt de jouer un rôle. Il y a trop de rage en lui. Il n'est pas plus qu'elle converti à la philosophie du Centre, aux idées de Diane. Mais quel bel acteur ! Tête baissée, il écoute le prêche de Jos qui lui tend toujours la fameuse canette.

« … Tu avais l'esprit ailleurs, le Gros, comme toujours. Ta tête était-elle auprès de la belle Sophie ? Ou alors pensais-tu encore à t'empiffrer malgré tout ce que tu as pu engloutir aujourd'hui ? La fête est finie, tu sais.

Et puis, je te trouve bien docile depuis quelque temps. C'est louche. »

Et de poursuivre longtemps sur le même ton. Et de l'assurer que son petit jeu ne pogne pas avec des êtres aussi perspicaces que Diane et lui. Et de lui promettre un bilan mémorable. Et de le condamner à inspecter minutieusement sa partie de terrain, à laver un tas de seaux et de poubelles. Tout ça avant de se coucher, puis d'aller au lit sans avoir fumé.

« OK ? ! »

Jos termine souvent ses péroraisons par un OK à la fois interrogatif et impératif.

« OK », répond Marc. Et il se remet à la tâche en sifflotant. Cela confirme Emma dans son idée que l'obèse poursuit un but précis.

Pourquoi Marc n'a-t-il pas suivi ses parents tout à l'heure ? Cela lui aurait valu un rapport négatif de Diane, mais un juge aurait quand même tenu compte des quinze mois passés ici. Après tout, il n'a tué personne. Il a même remboursé le montant de sa fraude. Et ses parents auraient témoigné en sa faveur : « Comment aurait-il pu rester, monsieur le juge, après avoir vu Mme la directrice nous traiter comme des chiens ? » Diane a un instant baissé sa garde ; une occasion de fuir l'enfer s'est présentée, et Marc l'a laissé passer. Incompréhensible.

Et puis, merde ! Pourquoi Emma se casserait-elle la tête à propos des motivations profondes de Marc, Jos ou Paul ? À la suite de ce dernier, elle se rend au salon pour y fumer la cigarette tant attendue et si méritée. C'est Serge qui doit les distribuer.

Les siamois sont déjà là, assis sur le grand sofa. Mais c'est qu'ils commencent à se ressembler ! À force de se tenir la main pour ainsi dire jour et nuit, Jules et François ont développé un petit air commun. Pour le moment, ils devisent paisiblement. En présence des intervenants, ils jouent plutôt à se haïr. Un excellent moyen de prolonger une punition qui les met à l'abri des pires corvées.

Tel un essaim d'abeilles, de la cuisine arrive le reste du groupe. Attente, soupirs. Ils ont tous sommeil, mais pas question de regagner leur plumard avant d'avoir grillé leur dernière cigarette de la journée.

Un bruit de porte qu'on referme brutalement. Un homme traverse le salon, la tête basse, sans un regard pour eux. Il ne marche pas, il rampe. C'est le père de Sophie. A-t-il convaincu sa fille ? Restera-t-elle ? Emma se dit que s'il connaissait la Diane comme eux la connaissent, il n'aurait même pas accepté de discuter avec la directrice.

Serge arrive enfin. Nez au plancher, il distribue les cigarettes. Le gars est aussi à l'aise qu'un cactus en Antarctique.

Petites flammes, ronds de fumée, pièce emboucanée, mégots écrasés. Et voilà que le cactus leur annonce que Sophie restera. Mais attention ! Son passé au Centre est effacé. Elle recommence son stage à partir du début.

« Il faut la considérer comme une nouvelle, ajoute-t-il.

– Elle reste ! s'exclame Lise. Après tout ce qu'elle a fait !

– Diane en a décidé ainsi », rétorque Serge.

La mine de Marc, qui vient d'entrer pour chercher un seau à récurer, montre que lui n'en est pas du tout fâché. C'est même avec un large sourire qu'il regarde la fumée des autres s'élever au plafond. Sa joie réjouit Emma presque autant que le dépit de Lise.

14

L'ombre descend toujours. Des odeurs d'ail et d'alcool.
L'ombre a deux couleurs : bleu et noir. L'ombre l'avale.

Emma sursaute, le corps endolori comme après un dur combat. Une fois de plus le réveil lui a sauvé la vie. Il fait nuit, mais quelle heure est-il ? Sont-ils encore en juillet ou bien août serait-il déjà largement entamé ? Elle ne sait plus. Il y a peu, on a fêté le huitième anniversaire du Centre. C'était quel jour ? Un dimanche certainement, mais quel dimanche ? « Au fond, je m'en fous », se dit Emma, avant de se réfugier dans des souvenirs qui chasseront les relents du cauchemar. Elle arpente une fois de plus les rues avec Prince. Une vie difficile, qui lui apparaît maintenant lumineuse en regard de l'atmosphère mesquine de Nuit et Jour. Reviviscence de souvenirs pour combattre une thérapie néfaste qui lui barbouille le cerveau.

Mercredi… à moins que ce ne soit jeudi… ou vendredi, elle ne le sait plus très bien, on a mis fin au confinement de Sophie. Emma se réjouit qu'elle ait décidé de rester à Nuit et Jour. Malgré leurs nombreuses prises de bec, les deux filles, au fond, ont toujours ressenti de l'estime l'une pour l'autre. Et puis c'est une nouvelle Sophie qu'Emma a retrouvée, une Sophie qui pète le feu. Un tel changement d'humeur étonne Emma qui la croyait au bord du suicide. « Ou bien elle a reçu une nouvelle formidable, ou bien… elle a pris une décision qui la libère », suppose-t-elle.

À son retour dans la chambre commune, Sophie a sorti des effets de son sac et les a déposés sur le lit. Elle a regardé sa compagne, lui a montré une robe, un blouson, les a collés sur son corps, prenant des poses de mannequin. Le temps n'était plus où elles échangeaient des cris d'oiseau. Sœurs d'infortune que le malheur a rapprochées. Sophie a rangé son linge dans les tiroirs de sa commode, accroché sa serviette à la barre.

« Tu peux t'en servir maintenant, tu sais. »

La preuve qu'elles sont désormais amies. Des amies qui pourront discuter à loisir puisque Lise partage dorénavant la chambre de l'anorexique Laura. « Assure-toi qu'elle mange bien toute sa ration, lui a ordonné Diane, et suis-la partout. Même aux toilettes. Pas question qu'elle rende ce qu'elle a avalé. » Depuis, Lise est aux anges.

Emma change : la nuit lui apparaissait comme une croix à porter, elle aspire maintenant à sa paix, malgré les cauchemars récurrents. Baume du silence après les bruits et la fureur du jour. Couchée sur le dos, mains jointes sur le ventre tel un gisant, yeux au plafond, elle écoute la respiration de Sophie. Avant de se mettre au lit, elles ont échangé deux ou trois mots. Des mots vrais qui les ont reposées des monologues, sermons et palabres du jour ; mille paroles pour ne rien dire, alors qu'une seule suffirait : pardon… ou amour. Que la nuit est simple, franche, après l'hypocrisie du jour. Une hypocrisie dont Emma souffre moins qu'avant, c'est indéniable. On s'habitue à tout. On s'adapte. On prend machinalement les attitudes souhaitées par ses geôliers, on prononce les paroles qu'ils désirent entendre. On se conforme, sans trop y penser. On se déshumanise, quoi ! Heureusement qu'il y a la nuit.

Environ cinq mois déjà qu'elle croupit ici. S'est-elle amendée ? Non, pas vraiment. Bien sûr, elle joue à la repentie. Madame a voulu ceci, elle l'a ; elle désire cela, elle l'aura. Elle fait tout ce qu'il faut pour obtenir cette appréciation de Madame qui la blanchira devant un juge. Ses jours appartiennent à Madame, mais non ses nuits. Elle pense à Jean-Marie, ressent un pincement au cœur. À quoi, à qui songe celui qu'on tient dans l'ignorance du sort de sa Ma ? Il veille certainement : il dort si peu.

Elle s'efforce de reproduire ses traits en esprit. C'est flou. Elle s'endort.

Elle a rêvé de Jean-Marie et s'est réveillée toute guillerette. Il fait jour.

« Allô ! » lui lance Sophie.

Elle aussi s'est réveillée avant l'appel. A-t-elle rêvé de Paul ? Elle n'en parle jamais à Emma. Lorsqu'elle le croise, c'est avec indifférence. Ni amour ni haine. Du mépris, peut-être.

Emma enfile short et t-shirt, se refait une beauté en vitesse, car elle sait Sophie encline à monopoliser le miroir. Ce matin, pourtant, la rouquine se contente d'une toilette de chat et de quelques coups de brosse à sa magnifique chevelure. Leur lit impeccablement fait, les meubles scrupuleusement épousseté, les filles quittent la chambre. Un vent d'optimisme souffle sur elles. Pourvu que ça dure ! « *Prosperity is around the corner* », disaient les Américains durant la Grande Dépression.

Ça n'a pas duré. La porte de leur chambre à peine refermée, elles ont retrouvé le milieu putride où elles moisissent. Depuis combien de temps déjà ? D'instinct, elles s'éloignent l'une de l'autre. À Nuit et Jour, amitié équivaut à complicité malsaine.

La tête dans leur assiette, ils déjeunent. Josiane se lève, tapote son verre avec une cuillère. Une tuile va tomber, c'est sûr. En fait, il y en a deux. Une pour Sophie, l'autre pour Emma.

« Nous nous réjouissons du retour de l'enfant prodigue, dit Josiane en tendant la cuillère vers Sophie. Parce que nous l'aimons bien, et pour qu'elle se corrige une fois pour toutes de son penchant pour la séduction, nous allons une fois de plus la gratifier d'un "moyen". Pour un temps, elle devra totalement ignorer les résidants masculins. Ni paroles, ni sourires, ni regards appuyés. De plus, pour que ces messieurs ne soient pas trop tentés de la courtiser, elle s'affublera du large pantalon d'homme et de la chemise de chantier caca d'oie que je lui remettrai après le repas... »

Plus tordue qu'elle, tu meurs.

« Acceptes-tu ? »

Comme si l'autre avait le choix.

« Bien sûr », répond Sophie sans broncher et avec son plus beau sourire. C'est à croire qu'on lui fait plaisir. Arrive le tour d'Emma.

« J'ai aussi une chemise et un pantalon pour toi, Emma. Ils t'iront à ravir. »

Et d'expliquer à la ronde que c'est parce qu'elle s'est maquillée pour la fête anniversaire du Centre.

« Mais tu pourras parler à qui tu veux », ajoute-t-elle.

Emma a envie de lui répondre qu'elle n'en a rien à foutre et de hurler que Serge est un cafard, mais, bien sûr, elle se tait. Bon ! Voilà-t-il pas que Josiane se tourne vers Jules et François, les fameux siamois.

« Votre jumelage est terminé, leur annonce-t-elle.

— Pourquoi ? demande François.

— Faut le demander à Diane.

— Mes mains, sniff, commençaient à s'habituer à la peau de soie de François.

— Si tu continues à parler de même, tu vas recevoir un paquet de soie sur la gueule.

— Vous n'allez pas recommencer, toujours ? » s'écrie Josiane.

Ridicule ! Emma regarde autour d'elle : Paul s'est remis à reluquer Sophie qui n'en a cure ; Lise s'en aperçoit et en verdit de rage ; redevenu pour un temps lui-même, Marc affiche une mine amène. À l'évidence, le fait que Sophie reste avec eux n'est pas pour lui déplaire.

Surgit Jos le lion, qui roule des yeux féroces. Qui donc va-t-il dévorer, cette fois-ci ? Fausse alerte. Sans même un regard pour l'assemblée, il bondit jusqu'à Josiane, lui glisse quelques mots à l'oreille, puis ressort en coup de vent. Ce faisant, il bouscule Serge qui fait son entrée.

« Ce matin, c'est Serge qui distribuera les tâches », leur crie Josiane avant de sortir en bourrasque, elle aussi. Échange de regards. La plupart espèrent une catastrophe, n'importe laquelle, qui les arracherait à l'enfer présent. Hélas ! Serge ne leur dévoile rien d'autre que le travail à exécuter. Le gars semble pourtant plus nerveux qu'à l'accoutumée. Ils gardent espoir : un séisme se prépare peut-être.

Fallait voir la face de Lise lorsqu'on a jumelé Paul et Sophie pour les tâches du jour. Marc et Emma ont à nouveau écopé du nettoyage de l'armoire aux épices et de ses environs. Le bureau de Diane est situé juste au-dessus. Ses talons martèlent le plancher ; ses vociférations percent le plafond.

« Es-tu au courant de ce qui se passe, Marc ? »

Il hausse les épaules et se remet à frotter.

Ses tâches accomplies, à l'encontre des règlements, Emma s'est réfugiée dans sa chambre, histoire de profiter de quelques minutes de solitude. Entre Sophie, tout excitée. Elle aussi a réussi à échapper un instant à l'œil exercé des kapos.

« Tu sais ce qui arrive ? »

Elle ne lui laisse pas le temps de répondre et poursuit :

« Renée a monté un dossier. Elle veut porter plainte au criminel.

— Contre qui ?

— Contre Diane.

— Pourquoi ?

— Tu es ici depuis je ne sais combien de mois et tu me demandes pourquoi ? C'est l'avocat du Centre qui l'a avertie. Jos en a pris pour son rhume.

— Jos ?

— Il était dans le bureau de Diane lorsque l'avocat a appelé. Elle s'est donc défoulée sur lui. Je te quitte. Je n'ai pas encore achevé mes tâches. »

La porte refermée sur Sophie, Emma s'étend sur son lit, partagée entre le plaisir de savoir la Diane dans le pétrin et la crainte de ce qui va se passer au souper… vers la fin du souper.

Comme Emma l'a prévu, Mme la directrice, fidèle à son habitude, se pointe dans la salle à manger un peu avant le dessert et avec sa mine des mauvais jours. À peine entrée, elle s'installe à un bout de la table qu'elle a brutalement débarrassé de sa chaise. Les mains à plat sur la nappe, elle fait le tour de la pièce des yeux puis s'arrête sur Sophie qu'elle matraque verbalement comme c'est pas possible. C'est tout juste si elle ne la traite pas de fille incestueuse. Puis vient le tour de Laura à qui elle exige qu'on serve dorénavant double portion. « Et tu ne quitteras pas la table avant d'avoir tout mangé. Quant à toi... »

C'est maintenant Emma qu'elle fusille du regard.

« ... soi-disant intellectuelle... qui se prend pour une autre... sainte nitouche... junkie... ton nègre... un pimp pour sûr... »

Emma blêmit. Jean-Marie est tout sauf un pimp. Il l'a tenue éloignée des trottoirs, l'a protégée de pushers trop entreprenants. Prince un maquereau ? Alors que c'est la fidélité incarnée ! « Il n'y a plus de toi ni de moi, lui a-t-il dit un jour, puisque nous avons fusionné. » Accuser quelqu'un dont on ignore tout, détruire sa réputation ! Emma va crier son indignation lorsqu'un coup de pied de Sophie la ramène à la prudence. Elle ravale sa rage, jette un coup d'œil du côté de Serge. Leurs regards se croisent. Il baisse les yeux.

15

Le sommeil la fuit. Accoudée à la fenêtre, elle regarde les étoiles : des pierres précieuses sur fond d'ébène. « Viens nous rejoindre ! lui crient-elles. Qu'attends-tu ? – Hélas, mes amies, je suis prisonnière d'un monde étriqué. »

Cet après-midi, pour la première fois depuis son arrivée à Nuit et Jour, elle a regretté une faute. C'était au salon bleu. Après qu'elle les eut entretenus des torts éventuels qu'ils auraient causés à leurs proches et à la société, Josiane leur a demandé d'en dresser une liste. « Ensuite, chacun lira la sienne puis la commentera pour le bénéfice de tous. »

« À qui donc ai-je causé du tort ? s'est demandé Emma. À papa ? Il repose en terre depuis belle lurette. À maman ? Je ne lui ai rien volé et si ma conduite l'a parfois peinée, elle ne l'a pas perturbée au point d'affecter sa santé ou d'interférer avec son mode de vie. Ma sœur ? Elle fait sa vie et moi la mienne. La société ? Les livres et les disques que je volais étaient revendus à vil prix. Je rendais possible des aubaines ; j'étais une distributrice de culture, une sorte de Robin des Bois qui mettait la littérature à la portée des moins nantis. » Soudain, un déclic.

C'était il y a environ deux ans, à la boutique de cadeaux de l'Hôpital Sainte-Justine. Les rayons regorgeaient de livres pour enfants, de ces livres illustrés qui valent cher. Les clients entraient et sortaient comme dans un moulin. Aucun gardien. Derrière la caisse, deux femmes âgées s'affairaient. Emma y avait déjà effectué plusieurs larcins lorsqu'une des deux vieilles l'a rattrapée à la sortie.

« Mademoiselle, je vous ai vue. Vous ne devriez pas. Les livres nous sont donnés et nous les vendons à bas prix pour les enfants malades. L'argent reçu nous sert à en acheter d'autres. Nous travaillons bénévolement. S'il vous plaît, ne revenez pas. » Emma, la honte au cœur, n'y est jamais retournée.

Une étoile traverse le ciel. Un satellite. Combien ont défilé devant la fenêtre depuis son arrivée à Nuit et Jour ? Des milliers, certainement. Tout ce temps passé ici à endurer mille brutalités pour aboutir à un vague remords ! Pas très efficace, la méthode de Diane. La plupart des résidants affirment que c'est partout pareil, mais Roger a prétendu le contraire, l'autre jour. Il connaît bien le sujet : il en est à sa quatrième thérapie.

À genoux et à la brosse, selon les us et coutumes de la maison, Emma s'appliquait à nettoyer le tapis du salon bleu. Paul et Roger s'y trouvaient aussi et cherchaient à réparer une lampe sur pied.

« C'est l'ampoule, a dit Paul.

— Ce n'est pas l'ampoule, a répliqué Roger.

— Je te dis que c'est l'ampoule.

— Alors, change-la ! »

Paul est donc allé quérir une ampoule auprès de Jos, tandis qu'Emma continuait à frotter le tapis.

« Combien de watts ? lui a demandé Roger à son retour.

— Cent.

— Tu te trompes. Ça ne dépasse pas quinze watts.

— Regarde. C'est écrit dessus : cent watts !

— Je parlais de toi. »

Paul a grogné, puis a changé l'ampoule : rien.

« J'étais certain que tu ne dépassais pas quinze watts. »

Ils ont continué à s'asticoter, Roger réparant la lampe, l'autre le regardant faire. La conversation a fini par prendre un tour plus sérieux.

« Chus tanné, a gémi Paul.

— Tanné de quoi ? Aide-moi donc ! Tiens le haut pendant que je dévisse le pied.

— Chus tanné d'être ici.

— T'avais qu'à choisir un endroit plus douillet.

— Ça existe ?

— Et comment ! C'est le fil. Un peu de tape va te réparer ça. »

Tout en réparant la lampe, Roger a mis Paul au parfum. Nuit et Jour, selon lui, est un centre vraiment spécial. Voilà pourquoi il l'a choisi pour sa dernière thérapie.

« Ailleurs, comprends-moi bien, c'était comme si j'étais en vacances.

— T'as laissé tomber les vacances pour venir ici ! Tu dois être fou.

— Tu te trompes, mon vieux. Je ne suis pas une quinze watts, moi. À un certain moment, j'ai fini par réaliser que j'étais un criminel. J'avais tué un homme. Ça m'a frappé en pleine face, comme ma main sur la tienne, si t'arrêtes pas d'agiter le haut de la lampe. C'est là que j'ai décidé de changer. J'ai cherché l'endroit le plus tough et j'ai trouvé Nuit et Jour. Ici, pas de dorlotage. On me rappelle constamment qui je suis. On m'écœure, mais c'est pour mon bien. »

« Roger parle-t-il sérieusement ? » Emma lève la tête : un regard d'illuminé qui a trouvé la secte qui le conduira à la vie éternelle. Et voilà qu'il s'est mis à débiter les funestes théories de la Diane comme si elles étaient paroles d'évangile. Répétant les mêmes mots.

« Ici, c'est pour les gars comme moi. C'est pas ta place, Paul.

— Je suis plus tough que tu penses.

— T'es rien qu'une quinze watts. Bon ! C'est réparé. Remets l'ampoule. »

Paul la visse et l'abat-jour s'illumine.

« Regarde bien : c'est ça une cent watts, mon Paul ! »

Toujours accoudée à la fenêtre, Emma se dit que Diane aussi est une cent watts. Mais elle émet une lumière noire, comme ces astres implosés qu'on ne verra jamais, disposerait-on d'une lunette à grossissement infini. Leur masse est si dense qu'ils attirent à eux tout ce qui passe à proximité. Roger est demeuré au Centre assez longtemps pour que sa directrice l'avale. Veut-elle en faire un intervenant ? Emma n'en serait pas surprise ; comme elle ne s'étonnerait pas que Mme la directrice finisse par se débarrasser de ce Serge qu'elle n'a pas réussi à modeler à sa convenance.

Emma se demande si elle-même n'a pas déjà amorcé sa glissade vers le centre putrescent de cette fleur noire, mangeuse d'hommes ? Pas de télé, pas de journaux, pas de correspondance, aucune visite. On la prive de tout contact avec l'extérieur, alors qu'à l'intérieur on lui martèle toujours la même ritournelle. Il serait étonnant qu'elle n'en soit pas transformée en profondeur. Coupée du monde, elle est condamnée à subir la tyrannie d'une fanatique qui va jusqu'à enfreindre la loi. L'autre jour, lors des élections provinciales, ne les a-t-elle pas empêchés d'aller voter ?

Serge lui avait publiquement rappelé l'événement. Madame, qui n'a pas du tout apprécié son intervention, lui est tombée dessus à bras raccourcis. Comme d'habitude, il a courbé l'échine. Il n'a pas le courage de ses opinions. On dit qu'il n'a plus de famille et que Jos est son seul ami. Où irait-il s'il quittait le Centre ? N'empêche. Le gars a beau lui être sympathique, Emma trouve qu'il n'a pas d'épine dorsale.

« Comment pourraient-ils voter avec intelligence, eux qui n'ont pas eu celle de réussir leur vie ? » lui a-t-elle répliqué ce jour-là, devant tout le monde. Et d'ajouter :

« Ils ont encore bien des croûtes à manger avant de pouvoir poser un geste responsable. Tu en es l'exemple, Serge. Après des mois passés ici comme résidant puis comme intervenant, tu n'es même pas capable de t'habiller comme du monde. Tes jeans sont bien trop serrés. Ou bien t'es encore un adolescent qui cherche à exciter les filles, ou bien t'es un pédé. »

L'autre a encaissé sans répliquer, mais non sans rougir. Archi-veule. Ou complètement démoli. Ce qui revient au même.

Sa tirade terminée, la brute a éclaté de rire. Terre à terre comme c'est pas possible, un humour à la hauteur des bouses de vache, aucune culture, béotienne au carré. Sensibilité, poésie, compassion ? vous pouvez repasser !

« Aime-t-elle vraiment Jos ? se demande Emma. Non, Diane en a fait un amant de passage, mais ça n'a rien à voir avec l'amour. Quoi qu'il en soit, je crois qu'elle va finir par se lasser de ce " sauvé des eaux ". Qu'adviendra-t-il alors de Jos ? Que Dieu le protège. »

Bien qu'il lui soit impossible de discerner ce couple des astres ambiants, Emma sait qu'il existe des étoiles jumelles, chacune tournant autour de l'autre... comme Marc et Sophie. Tout en demeurant prudents, ils ne manquent pas une occasion de se rapprocher. Paul aussi flirte... avec Lise. Mais c'est par dépit.

Certaines étoiles lui semblent bleues. Illusion d'optique, probablement. Mais peut-être sont-elles vraiment bleues. Dieu y aurait logé le paradis. Pourtant, sur cette terre, baptisée planète bleue, il y a tant de misère... Peut-être est-ce simplement parce que Dieu n'existe pas.

Ici, leur éden immédiat, c'est le Transit. Une sorte de purgatoire plutôt. Il est situé au village. Selon ce que l'on en dit, on y jouit d'une liberté qui paraît licence après un séjour à Nuit et Jour. C'est un lieu de transition entre le Centre et le vaste monde. Emma n'a encore vu personne y accéder, mais on en parle. Les plus anciens se rappellent qu'on y a transféré un certain Luc qui, depuis, aurait rechuté. Il avait préalablement passé dix-sept mois au Centre. Combien de temps demeure-t-on au Transit ? Les paris sont ouverts. Roger y serait bientôt « muté », dit-on.

Elle voit cheminer un autre satellite. À moins que ce ne soit un astre qui fuit un univers invivable. Une étoile qu'on poursuit peut-être et qu'on rattrapera comme on a rattrapé Sophie l'autre nuit. Fuira-t-elle à nouveau ?

Emma s'approche de son lit. Pour l'heure, elle dort paisiblement.

Elle récidiverait qu'Emma n'en serait pas étonnée. Pourquoi pas avec Marc qui, sûrement, ne rechignerait pas de s'enfuir avec la rouquine ? Peut-être lui a-t-elle demandé de l'accompagner, ce qui expliquerait la transformation récente et soudaine de ce dernier. Emma devine qu'elle a vu juste. « Je pourrais me joindre à eux », se dit-elle. Elle revient à la fenêtre et se complaît à rêver d'évasion. Elle serait vite dans les bras de Jean-Marie, mais après ? On la rattraperait. Elle connaîtrait le cachot et retrouverait la solitude… pour très longtemps.

Me Barbille pourrait dénicher un endroit plus humain où elle terminerait sa thérapie, un endroit qui respecte les gens et où l'on peut se confier sans peur de se voir lessiver le cerveau, mais pour le moment on l'empêche de le joindre. Au fait, est-ce légal de lui interdire de communiquer avec son avocat ? Probablement pas. Que peut-elle y faire ? Elle doit aussi tenir compte du rapport négatif que Diane rédigerait à son sujet. Emma est bel et bien piégée, entièrement sous le joug de la directrice du Centre Nuit et Jour, et pour de longs mois encore, à moins que Renée…

Elle imagine la lecture de la plainte de Renée en haut lieu… Suit une enquête sur place… Elle témoigne… Ils témoignent tous… On ferme le Centre… Un juge tient compte de ce qu'Emma a enduré… Elle est libre. Il y a malheureusement un os : la garce va mordre de toutes ses dents, se défendre toutes griffes dehors.

Qu'advient-il de Jean-Marie pendant qu'elle croupit au Centre ? Comment se porte-t-il ? Sa jambe ? Il est sans nouvelles d'elle depuis plus de cinq mois. Qu'en déduit-il ? Se pourrait-il que la Diane lui ait fait savoir qu'Emma ne veut plus le voir ? Mon Dieu !

Elle retourne près du lit de Sophie. Elle la secoue.

« Quoi ? !

— Songes-tu à t'enfuir à nouveau ?

— Tu sais bien que oui.

— Si je te confie un message pour mon avocat, vas-tu le lui remettre ?

— Tu peux compter sur moi.

— Tu me le promets ?

— Promis, juré. Laisse-moi dormir. »

Rassurée, Emma rejoint son plumard et s'endort aussitôt.

16

Ciel sombre et crachin depuis deux jours. De gros tapons de nuages étouffent l'horizon. Pourris en plusieurs endroits, murs et plafonds sentent le moisi. Emma consulte sa montre : six heures du matin. Mélancolie et début de migraine.

Le coq va bientôt chanter. Elle reconnaît son pas : il descend l'escalier. Sur un air à la mode, il entonne :

Bon matin, bon matin, mesdemoiselles
Matin pluvieux, c'est mieux
Gardons le moral
C'est mieux
Mesdemoiselles.

Chaque matin, Emma répond : « Bonjour ! » C'est obligatoire. Ça prouve qu'elle est réveillée. Sophie, elle, ronfle toujours. Emma la secoue, elle ouvre un œil : « Bonjour ! » grogne-t-elle. Rassuré, le coq s'en va. C'est la dernière tournée de ce coq-là. Dommage, car les filles l'aiment bien. Il faut dire que son chant est la seule musique permise ; toutes les autres, pop ou classique, peu importe, risqueraient de les plonger dans quelque rêverie incompatible avec la thérapie. Une poule remplacera-t-elle le volatile actuel ? Non, probablement. On a cru un temps que le prochain coq serait affligé d'un rhume permanent : Jules le sniffeux remplacerait Roger. Seigneur ! Toute la maisonnée vivait dans la hantise de concerts matinaux de musique sérielle, cacophonique et même dodécaphonique. « Ça va peut-être te replacer les sinus », lui aurait dit Jos avec son amabilité coutumière. Fausse alerte : ce coq-là ne chantera jamais plus.

La volaille qui vient de lancer son chant du cygne, c'est Roger. Ce soir, il quittera Nuit et Jour pour le Transit. Officiel. On lui a confié cette tâche il y a belle lurette pour combattre sa difficulté de se lever aux aurores, comme il dit. Il y a pris goût et a prié les intervenants de lui laisser ce « moyen » en permanence. « Pour son bien », comme il le radote à tout bout de champ. Emma s'était habituée à son aubade, pas absolument répétitive puisque, les beaux jours, « ensoleillé » remplaçait « pluvieux ». Elle se dit qu'au moins elle aura eu droit à deux semaines de représentations supplémentaires. Roger devait partir il y a quinze jours, mais son transfert au Transit a dû être reporté à cause du pendu.

Si le départ de Roger pour le Transit constitue pour l'ensemble des résidants l'unique grand événement de la journée, il en est pour Emma un deuxième si majeur qu'il en éclipse le premier. Il aura lieu à la tombée du jour, avec sa complicité. C'est en effet aujourd'hui, avec deux semaines de retard, toujours à cause du pendu, que Marc et Sophie se feront la belle. Le rôle d'Emma consistera à garder les chiens muets comme des carpes. Ils aiment bien celle qui les nourrit et les cajole depuis déjà un certain temps. Le mot que Sophie remettra à Me Barbille, Emma l'a écrit il y a près d'un mois. Elle lui explique sa situation et lui demande de contacter Jean-Marie. Une lettre à l'intention de Prince accompagne le mot.

Billet et lettre ont été rédigés après le couvre-feu, à la lumière d'une chandelle que Sophie avait dénichée dans un des tiroirs de la cuisine.

Sophie s'est habillée en vitesse et a déjà quitté la chambre. Quant à Emma, elle traîne en pensant au pendu. Ça n'arrange pas sa migraine.

Le gars s'est pendu il y a deux semaines, le matin du jour prévu pour le transfert de Roger au Transit. Diane était venue chercher Emma dans la salle à manger dont elle lavait le plancher à grande eau.

« Viens avec moi. »

Emma l'a suivie jusqu'à la cuisine où Laura versait toutes les larmes de son corps dans le chaudron qu'elle récurait. Une des deux tâches appropriées pour une anorexique, selon Diane, l'autre consistant à peler les légumes. Jos était là aussi, qui lui criait après :

« Arrête de brailler dedans, ça va goûter salé ! »

Laura a levé la tête et redoublé de sanglots à la vue de Diane et d'Emma.

« Je ne veux plus manger, a-t-elle gémi. Je veux devenir mince comme Emma. »

« Curieux énoncé, pensa Emma. Je ne suis certes pas obèse, mais je n'ai rien d'un mannequin. » Or, Laura lui apparaissait encore plus squelettique qu'à son arrivée au Centre.

« Regarde-la bien, lui a rétorqué Diane, il saute aux yeux qu'elle pèse beaucoup plus que toi.

– C'est pas vrai.

– On va le vérifier », dit Jos.

Il a sorti un pèse-personne de dessous un bahut et a demandé à Emma de monter dessus : cinquante-cinq kilos. Laura s'est pesée à son tour : quarante kilos.

« La preuve est faite, trancha Diane. Emma pèse quinze kilos de plus que toi.

– C'est pas vrai. C'est un coup monté. Vous avez trafiqué la balance. » Et de se mettre à pleurer de plus belle en courant vers sa chambre. C'est à ce moment que François a déboulé l'escalier en criant : « Au secours ! »

« Arrête de t'énerver et dis-nous ce qui se passe, a commandé Diane.

– C'est Jules… »

À sa suite, ils se sont tous précipités en haut de l'escalier et, par la porte ouverte de sa chambre, ont aperçu le bas du corps de Jules. Ils l'ont reconnu aux chaussettes rouges qu'il affectionnait. Il avait enlevé la trappe qui mène au grenier et accroché la corde à une poutre du toit. Sa tête et ses épaules demeuraient cachées à leur vue. Son arrivée à Nuit et Jour, dont il était devenu un peu la mascotte, datait de dix-huit mois.

« Il faut le dépendre, a lancé Jos.

– Surtout n'y touche pas ! a crié Diane. Appelle la police. »

Blanche comme un drap qu'elle était la Diane. Compassion ? Peur des conséquences, plutôt.

Jules servait de souffre-douleur à la directrice de Nuit et Jour. Pouvant difficilement s'en passer, elle a trouvé maints prétextes pour prolonger sa thérapie. Serge et Jos, qui l'avaient connu dans leur vie d'avant, le traitaient avec condescendance. Surtout Jos qui lui parlait comme à un attardé. Pour les autres, il faisait partie des meubles.

Lent d'esprit, Jules n'était pas pour autant arriéré. Ses lacunes intellectuelles dérivaient plus de la misère que de gènes défectueux. Enfant abandonné, fruit de la mouise, on l'a trimballé d'une famille d'accueil à une autre jusqu'à ce qu'il n'y eût que la rue qui veuille bien de lui. Il a beaucoup sniffé, même de la colle. Ça n'arrange ni les sinus ni le cerveau. L'abandon, le rejet, la rue, la prison, puis le Centre Nuit et Jour, tel fut son destin. Un sort qu'il semblait pourtant accepter avec sérénité. Serviable comme pas un, il affichait d'ordinaire une excellente humeur. Pourquoi s'est-il pendu alors ? Par manque d'amour probablement. Il approchait parfois Emma et, cherchant ses mots, car il n'avait pas la parole facile, il essayait d'amorcer la conversation. Qu'avait-elle à tirer de ce minus habens ? Elle lui faisait l'aumône de quelques mots, puis passait à autre chose. Aujourd'hui, elle se sent coupable. Ah ! si c'était à refaire. Vains regrets. Il arrivait à Jules de se mettre en colère, mais ça ne durait pas. « Ces derniers jours, il était encore plus gai que d'habitude », a remarqué Laura le lendemain du drame. N'en est-il pas souvent ainsi des suicidés ? Juste avant leur geste désespéré on les croit en train de remonter la pente, puis…

Toujours est-il que ce jour-là, le choc initial passé, la Diane s'est comportée avec un sang-froid qui frisait le cynisme. Le cadavre à peine découvert, elle ordonnait à Serge d'enfermer la braillarde Laura dans sa chambre et sommait Emma de descendre rejoindre les autres résidants.

« Accompagne-la, Jos, et occupe-toi de la racaille. »

La racaille, bien entendu, était tout énervée. Jos aussi qui, n'en pouvant plus, l'a vite abandonnée à son agitation pour rejoindre sa patronne en haut. Peu après, Serge descendait prendre la relève. Tous gardaient le silence, maintenant. Oreilles tendues, yeux au plafond, ils entendaient les pas de Madame et de son acolyte.

Arriva enfin une ambulance accompagnée d'une voiture de police. Peu après, Jos est descendu et les a confinés à leurs chambres.

Emma a fini de s'habiller et s'allonge sur son lit. Elle a décidé de se présenter en retard à l'appel. Sa migraine est passée, mais le souvenir du suicide de Jules l'a bouleversée. Qu'ils attendent tous ! Qu'*elle* attende !

Le soir du drame, l'égoïsme et la méchanceté de Diane ont atteint des sommets himalayens.

On les a réunis dans le salon bleu. Ils attendent depuis près d'une demi-heure, essayant de deviner ce qui leur pend au bout du nez. Se pointe enfin Jos, aussi majestueux qu'il le peut et la mine encore plus lugubre que d'habitude.

« Diane va venir vous parler », leur annonce-t-il avant d'aller s'appuyer au mur du fond. Commence une nouvelle attente silencieuse. Cela dure longtemps. Des pas... Elle arrive. Le moment est si solennel qu'Emma a des palpitations.

« Seuls les lâches mettent fin à leurs jours, leur dit Diane d'entrée de jeu. Malgré tout le temps passé ici, malgré tous les soins que nous lui avons prodigués, Jules n'avait pas changé d'un iota. Il n'a pas eu le courage de s'amender et de faire les efforts qui l'auraient fait progresser... »

La garce !

« ... Sa mort n'aura pas été complètement inutile si vous profitez de la leçon. Mollesse n'a jamais mené à rien... »

La chienne !

« Ce qui vient de survenir se saura hors de ces murs, mais sera vite oublié. À ceux qui ont droit à des visites, je demande d'en parler le moins possible ; à tous, de ne pas cancaner sur cet incident. D'ici quelques jours, deux nouveaux vont arriver. Inutile de les effrayer... »

« Je veux m'en aller ! a crié Laura. Je veux téléphoner à ma mère ! »

Diane l'a foudroyée du regard. L'autre n'a pas insisté.

« ... Je ne laisserai personne mettre en péril une institution qui m'a coûté sang et larmes. Le temps n'est pas à l'hystérie. Les funérailles de Jules auront lieu à Saint-Hyacinthe, dans trois jours. Ni vous ni moi n'y assisterons, mais Jos va nous représenter. Ce soir, avant de vous endormir, n'oubliez pas Jules dans vos prières. »

Garce, chienne et... sainte.

Ni Diane, ni Emma, ni les autres n'ont reparlé du suicide de Jules... sauf Sophie, le soir même de l'incident, juste avant de se mettre au lit. Ensuite, durant de longues minutes, elle a rappelé à Emma les multiples vilenies de Diane et lui a fait part de son dégoût. Depuis : motus et bouche cousue.

On cogne à la porte. Jos vient avertir Emma de son retard. Elle enfile son chandail et sort.

17

Propre comme s'il s'était frotté à la pierre ponce, vêtu de ses plus beaux atours, Roger exhale des effluves d'eau de Cologne à bon marché. Sa face de poupon ravi irradie le bonheur au-dessus d'une cravate rouge bariolée de vert. Ce soir, il quittera Nuit et Jour pour le Transit. Peut-on le blâmer de ne plus tellement se soucier du suicide de Jules ? Pourquoi porterait-il éternellement le deuil d'un lâche qui a préféré fuir la vie plutôt que de battre sa coulpe et travailler à s'amender, comme lui, Roger, avec l'aide de la merveilleuse Diane ? Pour l'instant, le paon se pavane dans la cuisine où Laura aide Emma à concocter un menu spécial en l'honneur de l'Assomption du bienheureux Roger vers le céleste Transit. Des anges, Jos et Diane, l'y transporteront ce soir. On a aussi affecté Paul à la cuisine où il fait semblant d'aider.

Onze heures du matin. Les filles cuisinent toujours et don Juan se permet maintenant des libertés. En proie à sa migraine chronique, Emma ne peut s'empêcher de crier :

« Laisse-la donc tranquille ! Tu vois bien que ça l'agace. »

Pour la énième fois, Paul vient d'entourer de son bras le cou de Laura. « Mioum, mioum, mioum. Tu sais que t'es belle ? » Pour la énième fois, l'autre s'est dégagée d'un coup de tête.

« Je vais le dire à Jos ! »

C'était Lise, qui passait devant la porte de la cuisine. Elle a aperçu le geste de son préféré. Mais c'est à Laura qu'elle en veut. Elle ajoute :

« Jos connaît un tas de moyens pour corriger les séductrices.

— C'est lui qui a commencé. Demande à Emma.

— OK, ça suffit ! »

Une voix forte, autoritaire. Celle de Jos. Dans l'embrasure de la porte, vorace, son regard engloutit la scène comme une bouche avale la soupe. Finie la chicane ! Les protagonistes devinent qu'ils sont cuits et devront tour à tour passer à table au cours de la prochaine semaine. Seul Roger en sera exempt, mais, de toute façon, qu'aurait-on bien pu lui reprocher ? L'intervenant parti, ils poursuivent leur travail en silence.

On n'improvise pas une réception, aussi a-t-on prévu une réunion préparatoire à la fête. Elle a lieu dans la salle à manger où Serge et Jos ont rassemblé tous les résidants. Bien qu'elle brille comme un sou neuf, la pièce est lugubre. Jamais encaustique ne pourra donner une allure présentable à son parquet de tuiles tachées, écornées, cassées ; à ses meubles vieillots, mais certainement pas antiques. Aucun tableau aux murs, même pas un calendrier. S'échappe de cette pièce une odeur de bois pourri. À Sophie qui lui proposait d'en égayer les murs de quelques-unes de ses œuvres (« Je suis bonne en dessin, j'ai gagné plusieurs prix ») Diane a répliqué : « T'es ici pour te soigner, pas pour jouer au petit génie. » N'empêche-t-elle pas Emma d'écrire sous prétexte qu'il serait dangereux qu'elle fuie sa thérapie par des voyages oniriques et néfastes ?

Ils sont donc tous assis autour de la table en formica à boire les paroles de Jos. Il est nerveux, a les traits tirés. Le viatique jugé indispensable à leur cheminement vers une complète maîtrise d'eux-mêmes, il le leur livre par saccades.

« Plusieurs de vos parents assisteront à la fête. Inutile de vous rappeler qu'il ne serait pas opportun de leur parler de la mort de Jules… »

Pourquoi ce rappel s'il est inutile ? Et pourquoi utiliser le mot mort plutôt que celui de suicide ? N'essaie pas de noyer le poisson, Jos. Ça ne marche pas avec eux. Ils devinent tous que ce drame, s'ajoutant aux plaintes déposées par Renée en cour, risque de mettre le Centre en difficulté. Hier, au souper, François s'est rebellé. « Je ne comprends pas : on me demande de la transparence, on me dit de confesser aux autres tous mes défauts et on ne veut pas que je parle du suicide de mon ami. Parce qu'on était devenus des amis. » Diane l'a fusillé du regard et lui a imposé la rédaction d'une composition française. Le sujet : « Pourquoi il n'est pas bon de s'appesantir sur le crime qu'a commis Jules contre sa propre personne. » Et de lui suggérer : « Pour ne pas inquiéter ses proches… pour ne pas nuire à la réputation du Centre… pour ne pas se distraire de la démarche thérapeutique entreprise… pour… »

La vieille horloge sonne midi. Sur le perron, des voix leur apprennent que les premiers invités se pointent pour la fête. Jos envoie Emma les accueillir. « … Et change de face ! Essaie au moins de leur sourire. »

Deux heures de l'après-midi. Massés dans la salle à manger à cause du mauvais temps, invités et résidants bavardent en attendant les directives. Emma se faufile entre des corps flasques, contourne quelques tétons et quelques bedons, aperçoit Sophie qui lui lance une œillade. « Je serai bientôt libre », lui disent ses yeux. Emma suffoque, une forte émotion lui étreint le cœur : Jean-Marie aura enfin de ses nouvelles et Me Barbille trouvera une solution pour la sortir d'ici. Elle cherche Marc des yeux. Pour ne pas éveiller l'attention, il se tient à l'écart de Sophie. Emma le surprend en train de faire un bras d'honneur dans le dos de Diane. Tenant Roger par la main, Mme la directrice va d'un invité à l'autre, exhibe son converti comme un trophée. « Il est presque guéri, notre Roger. N'est-ce pas, Roger ? » Et ce dernier d'opiner du bonnet. Puis elle sort de la pièce, tirant toujours Roger derrière elle.

« Mes amis ! » La voix de Jos a percé le brouhaha. « Mes amis, je vous prie de passer au salon. » Et tous de s'y diriger à sa suite. Des chaises les y attendent, ainsi que Diane et son pécheur repenti. Debout à côté de Roger, Mme la directrice élève une main à la hauteur de ses yeux, la dépose sur l'épaule de la brebis égarée qu'elle a su retrouver et dit :

« Il y a longtemps déjà, nous avons accueilli un être meurtri, fermé à toute humanité, un criminel, un taulard et, disons-le franchement, un meurtrier. Et qu'est devenu ce rebut de la société ? »

À ces mots, l'ex-rebut, rougissant, a souri.

« Un être humain à part entière, mes amis, comme vous, chers invités. Un homme qui, pour racheter son passé et par amour pour ses semblables tombés dans les abîmes qu'il a longtemps fréquentés, a décidé de consa-crer le reste de sa vie à sauver ses frères et sœurs en tur-pitude. Après un court stage au Transit, il secondera Jos qui vient d'entreprendre des études à temps partiel en toxicomanie. Lève-toi, Jos ! Qu'on t'applaudisse toi aussi. Tu l'as bien mérité. »

Standing ovation !

Serge et Jos, et maintenant Roger. Des ex-drogués promus assistants thérapeutes dès leur propre thérapie achevée. Des intervenants improvisés comme il en foi-sonne dans la plupart des centres. Elle regarde Serge. Il est encore plus pâle que d'habitude. Ses doigts se cris-pent sur le dossier de la chaise devant lui. Pourquoi Diane ne l'envoie-t-elle pas étudier, lui aussi ? C'est qu'un large fossé sépare l'esclave de Madame du chéri de Madame.

La *standing ovation* terminée, on va se rasseoir lors-que Diane entonne le sempiternel refrain enfantin qu'elle leur fait chanter quand il y a des invités :

Si tu aimes le soleil, frappe des mains, clac... clac...
Si tu aimes le soleil, frappe des pieds, ploc... ploc...

Et tous de brailler en cœur, de se taper les mains ou les cuisses et de frapper un plancher pourtant bien mal en point déjà. Suit un jeu de société inspiré d'une émis-sion populaire. Emma a le goût de hurler.

Le souper se serait déroulé sans incident notable si, étant de service avec Laura, Emma n'avait renversé du potage par terre. Heureuse que la petite fête se déroule sans anicroche et que nul n'ait fait allusion au suicide de Jules, Diane n'a pas relevé l'incident. Et voilà que, faveur inouïe, elle leur permet de fumer à loisir. Se montrer plus coulante devant la visite peut se révéler une stratégie payante. L'orage gronde au-dessus de Nuit et Jour ; il faut sauver les meubles. Tout en la regardant, Emma sort une deuxième cigarette du paquet que Jos vient de placer sur la table. Serge s'empresse de lui offrir du feu. La main de l'intervenant tremble. « À l'évidence, je lui suis tombée dans l'œil, se dit Emma. D'où son geste galant. » Mais le gars n'a aucune chance, car Prince occupe toute la place dans son cœur. Et puis, elle a pris la mesure de Serge : un pleutre qui n'oserait jamais enfreindre le moindre règlement pour lui venir en aide. Serge est assez intelligent pour s'apercevoir que tout ne tourne pas rond au Centre ; lui manque le cran pour tenter de redresser la situation.

Vingt-deux heures. Diane commande le silence et souhaite un bon retour aux invités. La fête est finie.

Vingt-trois heures. Serge et Jos ont aidé Roger à emballer ses effets. Actuellement, il roule en voiture vers le Transit, conduit par Diane et escorté par Jos : la soirée est encore jeune et pas question que Diane la termine seule. Serge devant s'absenter pour la nuit, ne reste que Josiane pour garder le troupeau. Youpi !

Minuit. Emma quitte sa chambre qu'occupe toujours Sophie. Elle vérifie que Josiane est bel et bien endormie. Elle sort. La nuit est fraîche. Elle pénètre dans la cave et en ressort avec deux gros os bien viandeux, gracieuseté d'un boucher de Saint-Hyacinthe.

Les chiens l'aiment bien depuis qu'elle les nourrit, aussi n'ont-ils pas aboyé à son approche. Ils l'apprécient, mais certainement pas autant que les morceaux de choix qu'elle leur tend. Elle s'assoit à côté d'eux et attend. À sa montre s'écoulent quelques minutes qui lui paraissent des heures. Elle a froid. Elle remonte la fermeture éclair de son blouson. Ce qu'ils tardent à sortir !

Enfin, deux silhouettes descendent en catimini les marches de l'entrée. « Chut ! » fait-elle aux chiens qui ne daignent même pas relever le museau. Un rayon de lune se reflète sur une enveloppe qu'agite Sophie en la saluant. Elle contient le billet à Me Barbille et la lettre à Jean-Marie. Marc a déjà atteint l'orée du bois. Il s'impatiente. Sophie envoie un baiser de la main à Emma et court le rejoindre. Facile au point de caresser le désir de les imiter. Mais Emma ne veut pas fuir vers une liberté éphémère. Avec l'aide de Jean-Marie et de Me Barbille, elle quittera le Centre libre de toute charge. Juré craché !

18

Campée comme un monastère sur le mont Thabor, Diane lance ses imprécations contre l'ignoble Sodome qu'elle écrase de toute sa pureté.

« Tu es perverse et dangereuse, Emma. Regarde ce que tu as fait, mesure les conséquences de tes actes. Tu es responsable de la mort de Sophie. Tu… »

Ces accusations n'émeuvent pas Emma. Elle ne se sent pas du tout coupable. Toute à sa peine, elle ne prête pas attention aux propos de Diane. Sophie, la rousse aux yeux verts, est morte. Marc, lui, est dans le coma. S'en sortira-t-il ? Malgré leurs divergences de vues, Emma l'estimait. Avec Sophie, c'est une sœur qu'elle a perdue peu de temps après que celle-ci lui eut dévoilé le fond de son cœur.

Emma a perdu sa seule amie au Centre.

La jeune fille a le cœur en charpie, c'est vrai, mais sa conscience est tranquille.

C'était deux ou trois jours avant l'évasion, après le couvre-feu. Étendues sur leurs lits, les filles se chuchotaient des confidences.

« Comment c'était, le trottoir, Sophie ? »

Cette dernière a gloussé. Un peu de clarté lunaire entrée par la fenêtre colorait ses cheveux de bleu. Un bleu très pâle, presque blanc. Blanc-bleu.

« C'était très dur. C'est dur le ciment, tu sais. Une fois, je suis tombée sur le cul. Aïe !

— Je parlais sérieusement. »

Sophie s'est tue un bon moment, puis a raconté sa vie de prostituée. Une vie très dure qu'aucun bourgeois n'aurait le courage d'endurer : de nombreux clients sont pervers, les protecteurs sont des salauds, les flics n'ont aucun respect pour les filles, les juges… Ah ! les juges. Paraît qu'on ne les paie pas assez. Sophie le croit aussi. Elle estime qu'un job aussi répugnant mérite un bon salaire.

« Quel est ton idéal, Sophie ?

— Je n'en ai pas. Je me demande à quoi ça pourrait me servir.

— Cela sert à vivre, Sophie. Imagine : nous sommes des révolutionnaires, nous voulons renverser une dictature infâme, nous montons une opération, nous allons l'exécuter…

— S'il y avait des opérations dangereuses à exécuter, j'aimerais mieux que d'autres s'en chargent. Je me contenterais de les commander.

— Moi non. Je devrais donc partir seule. »

L'autre n'a pas répliqué tout de suite. Emma la croyait endormie, lorsqu'elle a dit :

« Je ne te laisserais pas partir seule.

— Tu m'accompagnerais vraiment ?

— Oui, toi, pas une autre. Mais, avant, j'essaierais très fort de te faire changer d'idée. Maintenant, laisse-moi dormir, j'ai besoin d'être en pleine forme pour l'évasion. Au fait… tu es certaine que les chiens n'aboieront pas ? Ils ont signalé ma fuite, la dernière fois.

— Compte sur moi, ils resteront silencieux.

« – Je te fais confiance Emma... Bonne nuit ! »

À compter de ce moment, elles n'eurent plus besoin de se parler pour se comprendre.

Et voilà qu'elles ne pourront même plus échanger un regard.

La Diane crie presque maintenant. De sa poche, elle sort le billet à Me Barbille et la lettre à Jean-Marie.

« C'était dans l'enveloppe que les policiers m'ont remise. Ton nom apparaissait dessus.

– Tu n'avais pas le droit de l'ouvrir.

– Je l'ai fait pour ton bien. Regarde-moi, Emma ! Une vie humaine sacrifiée pour une lettre. Te rends-tu enfin compte de ce qu'il en coûte d'enfreindre *mes* règlements ?

– Je sais depuis longtemps ce qu'il en coûte de les suivre, Diane. Et puis, j'en ai assez ! J'appelle mon avocat.

– Je te le défends !

– Tu n'as pas le droit ! »

Un instant, Emma croit l'avoir désarçonnée. Mais ça ne dure pas.

« Appelle-le donc. Et n'oublie pas de lui dire de préparer une bonne défense. Tu te doutes bien que mon prochain rapport provisionnel va faire état de ta complicité dans la fuite de Marc et Sophie. Tu connais les conséquences... À moins que tu ne préfères la prison au Centre.

– Je veux m'en aller.

– Tu ne veux pas respecter les conditions de ta libération ? Cette lettre à *ton* Jean-Marie prouve que tu en as déjà brisé une. Si j'étais à ta place, je me tiendrais bien tranquille. »

La garce ! Emma est coincée. Elle ne veut pas tomber de Charybde en Scylla. Il lui faut réfléchir à la situation. Pour l'heure, elle décide de feindre la soumission. Elle s'affale sur une chaise, se met à pleurer. Ça, elle aime, la Diane.

« Tu es tombée bien bas, Emma, mais je ne désespère pas te voir remonter la pente avec le temps, beaucoup de temps. Pour l'instant, considère-toi au ban de notre petite société pour, disons, deux semaines. Après ? Une semaine d'isolement, peut-être ? On verra bien... »

La tête entre les mains, Emma s'efforce toujours de pleurer alors qu'en elle monte une froide détermination.

« ... Au cas où tu aurais oublié ce que veut dire "être au ban", je te le rappelle : tu ne parles qu'aux intervenants, mais les résidants peuvent te faire toutes les remarques qu'il leur plaira. Tu vas certainement en apprendre beaucoup sur toi-même. Bon, tu peux aller finir de brailler dans ta chambre. »

Loin de pleurer, comme le souhaite certainement Diane, Emma rumine sa rancœur et son plan. Elle tourne son regard vers le lit vide. Les discussions avec Sophie lui manqueront. Elle la revoit agiter l'enveloppe dans le clair de lune. « Je suis enfin libre d'agir, lui signifiait-elle ainsi. Tu peux me faire confiance. » Sophie n'aura été libre que quelques heures... à moins qu'elle vienne à peine d'entamer sa vraie vie de liberté. Une liberté éternelle. *Les prostituées vous précéderont...*

Emma essaie de comprendre pourquoi les évadés ont échoué. Selon ce qu'elle a appris par bribes, un voisin aurait téléphoné à Josiane, vers les trois heures du matin. Il venait de refuser l'asile à deux jeunes gens. Se doutant qu'ils s'étaient enfuis du Centre Nuit et Jour, il avait cru de son devoir d'en alerter la direction. « Et dites à Mme Clermont qu'elle pourra toujours compter sur notre collaboration. Nous sommes nombreux à supporter son œuvre. »

Un peu avant midi, le lendemain, une voiture de la Sûreté du Québec en patrouille sur un chemin de campagne retrouvait une auto dont on venait de signaler le vol. Marc et Sophie partageaient le siège arrière, elle déjà morte d'une overdose, lui en bien piètre état. Que s'était-il passé avant ? Pour l'instant, nul ne peut le dire, car Marc est toujours dans le coma. La réflexion d'Emma l'amène à construire un scénario fort plausible. Se devinant découverts, en déduisant qu'on signalerait vite leur absence, les fuyards auraient paniqué. L'angoisse, la maudite angoisse ! Sophie a probablement avancé qu'un peu de coke leur procurerait le courage et le tonus nécessaires pour surmonter les difficultés à venir… Ils auraient volé une voiture, il y aurait eu de l'argent dans le coffre à gants… Sophie, qui avait ses contacts, aurait téléphoné… « Il m'en reste, mais il faut venir la chercher… » Pour Sophie comme pour Marc, la dose, qu'ils se sont certainement injectée pour un fulgurant coup de fouet, s'est avérée trop forte après leur longue abstinence.

L'ombre descend sur elle, de plus en plus vite ! La fillette va hurler, mais le cri reste prisonnier de sa gorge. L'ombre est maintenant si près qu'elle perçoit les contours flous d'un visage… Mon Dieu… C'est lui… Mais ces cheveux, pareils à ceux de Sophie… Il les porte bleus pour faire croire qu'ils sont bien à lui. C'est faux ! Il a volé l'innocence de Sophie !

On cogne à la porte de sa chambre.

« Fini, les braillages, c'est l'heure du souper ! » crie Jos.

Emma sursaute et regarde sa montre : six heures. Si elle a pu s'endormir après toutes ces émotions, c'est qu'elle était complètement à plat. Bon ! Elle se rince la figure à l'eau froide et descend rejoindre la meute. On va l'éreinter, mais elle s'en contrefiche. Elle a changé d'idée : liberté éphémère vaut mieux que pas de liberté du tout.

On se léchait les babines avant même son arrivée dans la salle à manger. Madame ayant bien préparé l'atmosphère, la meute l'a accueillie en silence, avec des yeux froids. Madame lui a désigné une nouvelle place entre les chaises inoccupées de Marc et de Sophie. Après un souper silencieux, Madame leur a donné la permission de mordre et ils ne s'en sont pas privés. Maintenant, Emma n'en peut plus. En quête d'une âme compatissante, elle cherche Serge du regard.

« Serge est parti faire des courses », lui lance Diane, à brûle-pourpoint.

La garce sait lire dans ses pensées. Emma s'en fout. La peur a beau suinter des murs, elle ne la ressent plus. Du dégoût, c'est tout ce qu'elle éprouve.

La lapidation dure encore un bon moment, puis la directrice se lève enfin.

« Ce soir, Emma fera la vaisselle. Paul et Laura l'essuieront. »

« Oui, Madame, rétorque Emma intérieurement. Je vais la faire, la vaisselle… une dernière fois. »

Tout en récurant les chaudrons, Emma observe Laura. De larges cernes lui entourent maintenant les yeux, son regard est terne. Elle a abdiqué. Pauvre Laura.

Serge s'est pointé, pour vérifier leur travail. Jean serré, t-shirt aussi ajusté qu'un collant, air efféminé, plus que jamais mal dans sa peau. Une fois Paul et Laura sortis fumer leur cigarette, Emma a décidé de lui parler franchement. Elle sait que l'occasion ne se représentera plus.

« Je veux partir, Serge, mais on m'en empêche. Toi, tu es libre. Pourquoi restes-tu ? »

Il s'est raidi, a hésité un instant, puis a bafouillé :

« Je me plais ici. Et mon travail est utile.

— Tu mens. Tu restes parce que tu as peur du monde extérieur, Serge. Tu acceptes qu'on te traite en esclave parce que tu as peur de la liberté. Moi, j'aime la liberté. Je pense de plus en plus à ficher le camp d'ici. Maintenant que tu le sais, dénonce-moi si tu en as le cœur. C'est ta job, n'est-ce pas ?

— Tu sais bien que je ne le ferai pas, mais pense aux conséquences.

— Je m'en fous !

— Ne pars pas, Emma... ce serait une erreur.

— J'aimerais mieux me pendre comme ce pauvre Jules plutôt que de m'avilir comme tu le fais depuis que je te connais. »

Sur ces mots, elle lui a tourné le dos. Elle sait lui avoir crevé le cœur, mais elle se dit que ça le réveillera peut-être.

Elle a fourré quelques effets dans un sac à dos ; la maison est silencieuse, il fait noir comme chez le loup. Elle s'apprête à sortir. Dans une main, elle tient deux gros os : un cadeau pour Apollon et Roméo.

TROISIÈME PARTIE

19

Un sourire dans la queue, docilement, les chiens l'ont accompagnée le long de l'allée jusqu'en zone libre, au bout du terrain. Complices de celle qui les nourrit depuis des mois, Roméo et Apollon ont, une fois de plus, dérogé à la règle et n'ont pas aboyé. « Bons chiens ! » Emma les caresse et leur remet les os qu'ils ont bien mérités.

Elle pénètre en terrain boisé, court sur quelques mètres, s'arrête.

Surtout, ne pas s'affoler, agir avec calme. Assise sur une souche, elle prend le temps de fumer une cigarette, puis en sort une autre du paquet qu'elle a piqué dans la cachette de Jos : le tiroir supérieur de l'armoire à épices. Elle réfrène une folle envie de se remettre à courir. Elle a le goût d'une défonce à tout casser, mais pas question de connaître le même sort que Sophie et Marc. Diane et consorts n'ont pas réussi à la mater, elle ne leur fera pas le plaisir d'échouer dans sa tentative de retrouver Jean-Marie. On ne la ramassera pas gisant au bord d'un fossé, une aiguille plantée dans le bras.

Fière de ce qu'elle vient d'accomplir, Emma emploie ses premières minutes de liberté à se boucaner les poumons à son aise. Tiens, pourquoi pas une troisième ?

Deux par jour, c'était la règle en dedans. Elle en allume une autre et sourit entre chaque bouffée.

Il pleut, comme le jour de son arrivée à Nuit et Jour. Il y a combien de temps déjà ? Un siècle, lui semble-t-il. Elle lève la tête, boit la pluie qui coule en elle comme une eau de Pâques, purificatrice. Elle pleure aussi, mais de joie.

Instruite par la mésaventure de Marc et Sophie, elle n'empruntera pas la route qui mène au Centre. Elle a prévu marcher à travers champs et bois en se guidant sur les pylônes d'une ligne de transport d'Hydro-Québec. Veillant à demeurer le plus possible à couvert, elle longera le layon de la ligne jusqu'au lever du jour. Étant alors sortie de la zone d'influence de Nuit et Jour, elle pourra demander de l'aide sans risquer qu'on signale sa fuite.

Emma écrase son troisième mégot sur la souche pourrie, soulève son sac dans lequel elle a mis quelques vêtements de rechange et se lève. Elle amorce son pèlerinage vers l'être aimé.

Euphorie ? Elle se sent forte et en santé comme jamais, et gonflée d'une énergie incroyable. Son cœur bat à un rythme infernal. Il doit dépasser les deux cents pulsations à la minute. Elle n'éprouve aucune fatigue, comme si son esprit s'était détaché d'un corps qui peine à combler son désir. « Vite ! Vite ! » lui crie son cœur. Et elle court vers Prince.

Rejoindre l'être aimé
C'est rejoindre la mer
La liberté d'aimer
De respirer le même air.

Elle fredonne ce refrain – elle ne se souvient plus de qui – et avance aussi vite que le terrain le permet. Vive la boue ! Les intervenants sont par trop douillets pour venir la chercher dans de tels lieux et par un tel temps. « Bonjour ! madame la pluie. Que vous me semblez gaie, aujourd'hui ! »

Qu'elle soit en liberté illégale ne lui pose plus problème. Elle estime à présent qu'il faut toujours choisir la liberté, même pour un temps très court. Après la mort de Sophie, à la suite des accusations de Diane, Emma a compris qu'elle n'avait d'autre issue que la fuite. Elle sait qu'on la rattrapera un jour, mais la prison, malgré ce que lui en a dit Sophie, ne la rebute pas autant qu'il y a quelques mois. À Tanguay, on n'essaiera pas de remodeler sa pensée. Et puis, tout ce temps en enfer, ce n'est pas rien, on en tiendra peut-être compte. Dès son arrivée à Montréal, elle appellera son avocat. Ah ! pouvoir crier à un juge : « Ces lieux où vous nous envoyez pour une cure censée nous guérir nous détruisent complètement l'âme ! » Mais on laisse rarement s'exprimer les marginaux d'une société et, quand on le fait, on ne les écoute pas.

Tiens ! Il commence à faire jour. Comme le temps a passé rapidement. Se présente un chemin de campagne qu'Emma emprunte en direction du levant.

Elle marche depuis des heures, croit-elle. À peine s'est-elle octroyé quelques moments de repos pour fumer. Elle n'est pourtant ni fatiguée ni affamée. Comme sous l'effet de la drogue, elle ne sent plus son corps.

Des voitures la dépassent, les maisons de ferme laissent place à des bungalows, une agglomération importante se dessine au loin. Un gros village, une ville peut-être ? « Saint-Hyacinthe », lui apprend bientôt un panneau routier. Le plus difficile est accompli. Sa poitrine se serre, tant elle a hâte de revoir Montréal. Elle est assez loin du Centre pour faire de l'autostop, mais tient auparavant à se changer. Si près du but, elle ne veut pas tomber malade.

Elle passe devant quelques maisons d'allure trop bourgeoise pour mériter sa confiance, puis arrive à un îlot de roulottes, simples et proprettes. La voilà en pays civilisé. « Courage, Emma ! » Elle se présente à une porte qui s'ouvre au premier coup de sonnette. L'homme d'âge mûr a les yeux gris, le regard vif. Tout sourire. Elle se risque :

« Bonjour, monsieur. Je suis de Montréal. Mon ami…

— Mais entrez donc, vous allez attraper votre coup de mort. »

Le ton la rassure : cet homme est ouvert à la compassion. Dès la porte fermée, elle ose donc y aller du conte de fées qu'elle a eu tout le loisir d'imaginer durant sa longue marche.

« Mon ami et moi nous sommes disputés. Il m'a abandonné au bord de la route. Je marche depuis des heures. Je n'ai pas un sou…

— Vous habitez Montréal ?

— Oui. Nous sommes partis en vacances il y a deux jours. »

L'air narquois que l'homme affiche révèle qu'il ne croit pas un mot de son histoire.

« Je vais justement à Montréal. Je pars dans une heure, cela vous donnera le temps de vous sécher. Avez-vous de quoi vous changer ? »

Elle lui montre son sac à dos.

« Oui.

— La salle de bain est au bout du corridor. Vous voulez appeler quelqu'un ? »

Elle fait signe que non. Cet homme est certes un bon Samaritain : de la savoir en mauvaise posture a suffi pour qu'il consente à l'aider sans chercher à en apprendre davantage, car il ne désire pas la juger. Toutefois, elle ne va pas provoquer sa méfiance en appelant son avocat devant lui.

« Un café ? J'en ai toujours de chaud. »

Un bon Samaritain doublé d'un ange.

Ils empruntent le pont Jacques-Cartier. À la vue de Montréal, Emma tremble et ses yeux, comme des fenêtres ouvertes, laissent entrer la lumière. Elle s'écrie : « Que c'est beau ! »

Robert – ainsi lui a-t-il demandé de l'appeler – lui jette un regard en coin.

« À vous entendre, on ne croirait pas que vous avez quitté cette ville il y a seulement deux jours. »

Et de s'esclaffer. À nouveau, Robert lui signale qu'il n'est pas dupe. Pour lui montrer qu'elle a compris son message, elle rit à son tour. C'est cependant en silence qu'ils roulent jusqu'à la rue Saint-Dominique où habite Carlitos Miot, le photographe ami de Jean-Marie. Délicat, devinant quelque drame intérieur, le bon Samaritain a laissé la jeune fille à ses réflexions.

« Merci, Robert.

– Il n'y a pas de quoi. Vous avez apporté un peu d'aventure dans ma vie. Et... bien que ça ne me regarde pas... prenez soin de vous. »

Carlitos habite à l'étage d'une vieille bâtisse non encore rénovée. Elle se rue dans l'escalier branlant. Le souffle court, elle sonne. Jean-Marie est sûrement chez Carlitos. Il n'a pas d'autre endroit où crécher et il a probablement dû se résigner à cette extrémité qu'il doit considérer comme humiliante.

On tarde à répondre, elle s'affole. Et si Jean-Marie n'a pas cherché refuge chez son ami, où donc le trouver après tous ces longs mois ? Son doigt pèse à nouveau sur la sonnette, y demeure enfoncé.

« Vous cherchez M. Miot ? Il est absent pour la journée. »

À sa droite, entre deux volets entrouverts, elle aperçoit une tête féminine.

« Je cherche Jean-Marie Fareau, un ami de M. Miot.

— Un grand Noir ?

— Oui.

— Il a habité ici quelque temps. Il est maintenant à l'Hôtel-Dieu.

— L'hôpital ?

— Oui. Un matin de la semaine dernière, il n'a pas pu se lever. Une ambulance est venue le chercher.

— Il est toujours à l'hôpital ?

— Je pense que oui. »

Emma bafouille un merci et dévale l'escalier quatre à quatre. Elle court à perdre haleine à travers la ville.

À l'Hôtel-Dieu, pas question d'attendre l'ascenseur. En vitesse elle gravit les marches jusqu'à l'étage qu'on lui a indiqué. « Mon Dieu ! Prince à l'hôpital ! Ça doit être très grave ! » À cette idée, la jeune femme doit s'appuyer une minute sur la rampe d'escalier tant elle craint de défaillir. Défilent les souvenirs poignants des aventures vécues en commun.

« Emma ? C'est bien toi, Ma ? »

La voix tant chérie, tant espérée. Avant même de l'avoir vue, simplement au bruit de ses pas ou de son souffle ou, peut-être bien, des battements de son cœur, Prince a deviné que c'était elle.

Emma s'avance et l'étreint de toutes ses forces : « Tout va bien, Jean-Marie. Je suis de retour, je vais m'occuper de toi. »

Les yeux de Prince sont fiévreux, son teint est verdâtre. Son corps frêle semble perdu dans l'immensité du lit blanc. Ils s'embrassent. Après une si longue privation, elle goûte à nouveau à la félicité.

20

Emma peut enfin partager sa liberté. Elle tire le rideau qui isole le lit de Jean-Marie endormi et s'étend à son côté. Elle se plaît à imaginer qu'elle et lui ne forment plus qu'un seul corps.

Quel est l'état de Prince au juste ? À peine a-t-il souri tout à l'heure en l'apercevant. Réflexe viril de cacher son émotion ? Demi-conscience ? Elle s'attendait à ce que Prince la mitraille de reproches, à peine le seuil franchi. « Pourquoi n'as-tu pas répondu aux lettres que je t'ai adressées ? Tu n'as même pas songé à me téléphoner ! » Puis, sa colère passée, il l'aurait, par d'habiles questions, peu à peu amenée à bâtir un scénario qui le rassurât. La conduite d'Emma enfin justifiée par ses propres arguments, les seuls susceptibles de le convaincre, il lui aurait tendrement baisé le front et, magnanime, lui aurait pardonné. Et elle, de le voir à nouveau heureux, se serait bien gardée de changer ne serait-ce qu'un iota à la version qu'il aurait inventée. Redevenue son héroïne, elle aurait retrouvé le piédestal où il l'aurait une nouvelle fois hissée. Car la déesse en laquelle il semble parfois s'adorer lui-même, c'est elle. Un rôle dans lequel elle se complaît. Faut-il qu'il soit malade pour n'avoir exprimé que sa joie de la revoir.

Elle le regarde. Il dort paisiblement. Cela la rassure.

Elle se remémore son évasion réussie et, somme toute, assez facile. Elle imagine la colère de Diane, rit pour elle-même. Pourquoi ne s'est-elle pas enfuie plus tôt ? Elle s'étonne d'avoir si longtemps accepté un endoctrinement qui visait à la dépouiller de sa personnalité, à la rétrograder au rang d'une bête dominée dans une harde. Le mâle dominant étant Diane, en l'occurrence. Pauvre Roger !

« Diane ! Assurée de posséder l'unique vérité, comme Jean-Marie, d'ailleurs », se dit Emma. La différence réside en ce que son philosophe a le courage de vivre en concordance avec ses idées, sa chair dût-elle en souffrir, alors que Diane mène une vie de pacha et fait subir aux autres les fantasmes de son cerveau malade.

Bon ! La voilà en train de philosopher. Ce n'est pourtant pas dans sa nature. Elle est une amante, une aimante. Et il est là, à son côté, son aimé. Elle se colle à son épaule et recommence à s'inquiéter.

De quoi souffre-t-il au juste ? Elle le sait maladif et sa claudication ne cessait d'empirer. « Ce n'est rien, lui disait-il. Ça va passer. » Et il claudiquait de plus belle, et ça ne passait pas. Gravement malade, il l'est sûrement, puisqu'elle le retrouve à l'hôpital. Mais à quel point ? L'interroger ne servirait à rien. La renseigner sur son état équivaudrait pour lui à une quête de pitié. Quelle humiliation ! Et pas question d'en parler au personnel soignant devant lui. Elle pense au jeune infirmier qu'il a chassé du regard à son arrivée. Ouste ! Dehors ! Du Me au valet.

Ses yeux se posent à nouveau sur le visage aimé. Ah ! Pouvoir retenir le temps comme lorsque l'héroïne coulait dans ses veines. Mais c'est cette drogue qui l'a séparée de son héros, qui les a tous les deux conduits à la déchéance et qui l'a menée, elle, pieds et poings liés jusqu'au troisième cercle de l'enfer : le Centre de thérapie Nuit et Jour. Là, tout est gris, fade et sans espoir. La Diane et sa médiocrité !

Elle chasse Diane de ses pensées. Elle se veut toute à Prince. Son corps contre le sien, son esprit dans le sien… et leurs âmes qui fusionnent.

« Bonjour les enfants ! »

Entre Carlitos. Il l'a réveillée. Elle est toujours à l'hôpital, dans le lit de son amant. On ne les a pas dérangés. Par crainte des terribles colères de Jean-Marie, le personnel aura préféré fermer les yeux.

« J'ai dit : "Bonjour les enfants !" Alors, Emma, on est enfin de retour en ville ! Ha, ha ! C'est qu'il doit en être tout regaillardi, notre bonhomme. Ils t'ont gardée longtemps, les tordus. La voisine m'a dit que tu étais passée.

– Chut ! »

Un doigt sur les lèvres, elle pointe du doigt Jean-Marie qui dort toujours. Un bon signe. Carlitos s'approche, s'esclaffe sourdement : un gloussement plutôt qu'un rire.

Tout sourire, toutes dents, l'homme est vraiment sympathique. Cinquante-deux ans à l'état civil, quarante d'apparence. C'est qu'il a des yeux qui dévorent tant son visage qu'ils ne laissent pratiquement pas de place aux rides. Père haïtien descendant d'esclave devenu négociant par talent, acharnement et circonstances favorables ; mère blanche et ménagère, Carlitos est un mulâtre bon teint, aussi artiste que son père est mercantile, mais animé du même amour de la bouteille.

Avant d'épouser la photographie, Carlitos a fait une courte carrière comme homme à tout faire et à tout foutre en l'air. Depuis, il promène sa carcasse de par le vaste monde. Le prix Humanitas et une réputation maintenant bien établie n'ont en rien changé ses habitudes. Il voyage tout autant qu'avant, photographie aussi souvent et boit toujours comme une éponge. Il gagne beaucoup d'argent mais arrive à peine à payer le loyer d'un logement montréalais par lui qualifié de foutoir. Il y habite entre deux voyages, c'est-à-dire peu souvent et pour de brèves périodes. « Je t'offre le gîte, qu'il dit à Emma, tout en regardant dormir son ami. Viens quand tu veux et reste aussi longtemps que tu veux. Pour entrer, tu n'auras qu'à tourner la poignée. J'ai perdu la clef. »

Jean-Marie et Carlitos sont copains depuis leur enfance sous le régime Duvalier. Une terreur qu'ils n'ont que peu subie, leurs parents respectifs les ayant expédiés tôt à Paris sous prétexte d'études à poursuivre et pour s'en débarrasser. Copains inséparables au lycée et à la Sorbonne, ils n'en cultivaient pas moins des passions divergentes. Alors que l'un photographiait plus qu'il n'étudiait, l'autre trouvait en Marx, Engels, Lénine et tutti quanti nourriture à alimenter une haine des bourgeois qui englobait sa propre famille.

Le fait que Carlitos soit demeuré l'ami d'un Jean-Marie qui jamais n'accepte la moindre contradiction s'explique par l'équanimité à nulle autre pareille du premier. Un propos imprudent de Carlitos égratigne-t-il un tantinet l'orthodoxie du philosophe que ce dernier entre dans une colère à mettre un régiment de paras en fuite. Emma le sait d'expérience, il peut alors être ignoble, polémiquer avec une rare perversité et proférer des torrents d'injures. Que fait Carlitos en de si terribles circonstances ? Rien. Sans broncher, sans un mot, dur et lisse comme un caillou sous une averse tropicale, son regard froid planté dans les yeux haineux de son ami, il attend jusqu'à l'épuisement complet de l'autre. Alors, il éclate de rire et entraîne immanquablement Jean-Marie dans une séance de fous rires à s'en rouler par terre. La scène se passe-t-elle chez Carlitos que celui-ci la conclut par une rasade de rhum Barbancourt qu'il consomme toujours en bon Haïtien. Curieusement, Jean-Marie, qui se pique les bras autant qu'une couturière son drap, a l'alcool en sainte horreur. Emma, qui n'avait jamais craché sur un litre de rouge, est devenue sobre en le fréquentant.

Un doigt encore sur les lèvres, elle se tire du lit avec précaution et fait signe à Carlitos de la précéder dans le corridor. Elle borde Jean-Marie puis sort à son tour.

« Merci pour tout, Carlitos. »

Il lève la main, la passe devant sa figure, comme pour effacer un tableau.

« Il n'y a rien là.

— Oh ! oui. Je le connais, tu sais. Pas plus débrouillard qu'un enfant. Tu t'es occupé de tout. Qu'est-ce qu'il a ? Je veux la vérité.

— Rien de spécial.

— Ça veut dire quoi, rien de spécial ? Avant mon arrestation, déjà, il boitait. Et voilà que je le retrouve alité, à l'hôpital en plus. Il y a quelque chose de spécial, Carlitos, et tu vas me le dire.

— Comment peux-tu ne pas être au courant ? Je te l'ai écrit.

— On retenait mon courrier. Je me suis enfuie. »

Carlitos baisse la tête. Les derniers rayons du soleil couchant lui caressent un moment le crâne, jusqu'à ce qu'un malade en babouches et son poteau à sérum s'interposent entre lui et la fenêtre.

« Il va s'en sortir.

— Qu'a-t-il au juste ? Dis-le-moi !

— C'est le cœur. Une endocardite qu'ils disent. Tu connais la vie qu'il mène, puisque tu la partages. Toi, ça passe encore, car tu es jeune. Mais lui dépasse largement les quarante ans dont plus de vingt lui ont servi à brûler la chandelle par les deux bouts. S'il s'en sort, il vous faudra changer de tempo. Allez-y mollo. C'est une question de vie ou de mort. À moyen terme pour toi, à très court terme pour lui.

— S'il s'en sort ?

— J'ai espoir qu'il s'en sortira.

— Tantôt, tu m'as dit qu'il allait s'en sortir.

— J'espère qu'il va s'en sortir. Il est encore capable de fulminer et il sait se battre. »

Le malade en babouches est parti, le soleil aussi. Elle a mal au ventre. C'est là que se tapit son angoisse. La plupart du temps, elle dort. Mais lorsqu'elle se réveille… Emma se sent défaillir.

« Ça va ? »

Il l'a prise aux épaules, la soutient.

« Écoute-moi bien, Emma ! Tu ne peux pas passer tes nuits à l'hosto. Tu vas crécher chez moi.

— Je veux rester avec lui.

— Le jour, ça peut aller, mais la nuit ?

— Je me cacherai dans les toilettes.

— Ne fais pas l'imbécile. Tu t'es enfuie, donc on te recherche. Pourquoi courir après les emmerdes ? Tu dois rester planquée. Je pars demain pour le Koweït. Un contrat. Chez moi, c'est chez Jean-Marie. Et chez Jean-Marie, c'est chez toi… Bon ! Je te quitte. De la paperasse dont je dois m'occuper en vitesse. Je te confie la baraque. Pas de chat à nourrir, pas de chien à promener, pas de plante à arroser. Tu prendras soin des meubles. »

Il a réussi à lui arracher un sourire.

« Merci !

– Je me sauve. Tu le salueras de ma part. »

Et voilà qu'il la quitte, sur une révérence. Carlitos fait toujours la révérence aux dames. Et, pour lui, toutes les femmes sont des dames.

Elle est retournée auprès de Jean-Marie. Il roupille toujours. La fiche de commande du souper est sur la table. Elle la remplit et, coup d'audace, demande double portion. Pour manger, elle devrait voler. Demander est moins risqué. Et puis, elle pourra souper avec lui. Après réflexion, elle décide d'écorcher quand même un peu la loi. Elle descend à la boutique des cadeaux, chipe quelques fleurs et revient dans la chambre en même temps qu'on y pousse le cabaret du souper. Miracle ! Les portions sont doubles. Elle se penche sur Jean-Marie, lui effleure les sourcils, lui caresse les cheveux et les bras. À l'oreille, elle lui chuchote :

« À la soupe. »

Il ouvre les yeux. Ce que ses orbites sont creuses !

« Bonsoir, chéri. »

Elle l'aide à se redresser, replace les oreillers dans son dos, lui montre le cabaret.

« Nous dînons ensemble, ce soir. Dommage qu'il n'y a pas de bougie. Ça ferait plus romantique. »

Elle l'embrasse et il sourit, enfin. Va-t-il se laisser aller à jouir de l'instant ? Non. Déjà anxieux, il demande :

« Raconte-moi ce qui s'est passé. Comment c'était là-bas ? M'as-tu écrit ? Je n'ai rien reçu. Et toutes ces lettres de moi auxquelles tu n'as pas répondu ! »

Sa voix est méconnaissable. Cassée à en perler les paupières d'Emma. Il colle son bras décharné sur son corps décharné, lui fait signe de s'allonger à côté de lui. Aucun blâme de sa part. Elle en est à regretter sa jalousie d'antan, sa verve d'antan, ses colères d'antan. Mais c'était du temps où il était encore en vie.

« Là-bas, on m'a fait subir le pire des traitements. Mais je m'en suis sortie, comme tu vois. »

Elle lui raconte à peu près tout, mais sur un mode humoristique, afin de ne pas trop le choquer. De sa fuite, elle ne lui dit rien.

« C'est terminé ?

– Oui. La thérapie est bien finie. Mais rassure-toi : je ne suis pas guérie. »

Il est sorti de sa torpeur maintenant, semble un peu plus joyeux. Il fait un effort pour se redresser. Elle l'aide.

« C'est fini, Emma. Oh ! ma princesse ! Je te promets : tu n'auras plus à voler. Je retourne à l'enseignement. Je suis compétent, apprécié, et je connais bien la plupart des recteurs. Toi, tu vas écrire ton bouquin. Celui dont tu rêves depuis des lustres. Je sors d'ici au plus vite... on habite un temps chez Carlitos... mon frère André m'avance de l'argent... ma sœur nous reçoit en Haïti... nous y passons des vacances merveilleuses... nous revenons... j'enseigne... nous louons un coquet appartement... tu écris... nous... »

Elle l'écoute et pense qu'ils sont en août, qu'il ne pourra certainement pas enseigner cette année, qu'on la recherche et qu'on finira bien par l'attraper... Sa peine est si grande qu'elle ne peut retenir ses sanglots. Il s'étonne.

« Pourquoi pleures-tu ? »

Il s'inquiète, s'agite. Croit-il vraiment à ce qu'il vient de dire ?

« Ça va, mon amour, lui dit-elle. Tu sais, on a tout le temps. Peut-être ne pourras-tu enseigner qu'au printemps, ou l'an prochain. Il importe que tu guérisses à fond. Je travaillerai en attendant. »

Le voilà qui s'énerve pour de bon. Non ! Il refuse tout délai, ne se reconnaît pas gravement malade. Il enseignera en septembre, c'est décidé.

Les faits sont têtus, mais il n'en veut rien savoir. Une fois de plus, tête baissée, il fonce sur le mur où il s'est si souvent assommé. Comment peut-on être à la fois si intelligent et si bête ? Maudit orgueil ! Peu à peu, elle réussit à l'apaiser. Surtout, ne pas le contredire. Il replonge dans son utopie.

Emma s'est remise à espérer. Il est gravement malade, certes, mais maladie grave n'est pas toujours mortelle, la plupart du temps, on s'en sort. Jean-Marie n'est même pas branché. L'infirmière venue tout à l'heure était souriante quand elle a dit : « Le médecin passera vous voir demain. » Demain seulement. Son état n'est donc pas si grave. Il est maigre à faire peur, mais il n'a jamais eu une once de graisse en trop. Un maigre malade, c'est normal qu'il se dessèche. Elle se rassure... un peu.

L'heure du départ arrivée, elle est presque optimiste. Elle a le goût de bouger, d'entreprendre. Elle commencera par mettre de l'ordre dans l'appartement de Carlitos.

« À demain, Jean-Marie. » Son courage est revenu. Le cœur gonflé d'amour, elle marche vers l'ascenseur. Demain, à la première heure, elle se pointera au bureau de Me Barbille. Il ne pourra pas se défiler, comme il le fait si souvent, au téléphone, par secrétaire interposée. Elle a le goût de se battre.

21

« Encore elle ! se dit Me Barbille. Elle ne comprendra donc jamais. » Il aime bien Emma mais commence à en avoir marre de ses frasques à répétition. Tout bon avocat qu'il se croit, il ne pourra indéfiniment faire des miracles. La Justice n'aime pas qu'on la nargue et elle se fatigue vite, la Justice.

« Pourquoi n'avez-vous pas pris rendez-vous ? »

« Parce que ce rendez-vous, vous l'auriez reporté aux calendes grecques », a-t-elle le goût de lui répondre. Elle bafouille plutôt qu'elle a oublié.

« Bon, puisque vous êtes ici, venez-en aux faits.

— On me recherche.

— La police bien entendu, comme d'habitude. »

Elle acquiesce et, pour une deuxième fois, il soupire, comme l'a fait sa secrétaire quand Emma s'est présentée tout à l'heure. La femme lui a demandé si elle avait pris rendez-vous.

« Il est très occupé, vous savez. »

C'est à ce moment que Me Barbille est sorti de son bureau et que, apercevant Emma, il a soupiré une première fois. Puis, il lui a fait signe d'entrer. « Autant m'en débarrasser tout de suite », s'est-il dit.

L'avocat la toise et l'écoute lui raconter tout… enfin, presque tout. Emma estime qu'il n'a pas à connaître l'état de santé de Jean-Marie.

« Jean-Marie n'est pas avec vous ? »

L'avocat affiche un air étonné. Les autres fois, Jean-Marie l'a toujours accompagnée, plaçant dix mots bien sentis pour un qu'elle balbutiait.

C'est Jean-Marie qui a choisi Me Barbille, un bel homme, la quarantaine. Des rouflaquettes rousses descendent jusqu'à ses lobes. Moustache, mais pas de barbe. L'air hautain, mais des étincelles d'humanité dans le regard. Emma fait confiance à Me Barbille. Jean-Marie sait juger les hommes ; s'il a choisi cet avocat pour la représenter, c'est qu'il est compétent.

« Il n'a pas pu venir.

— Pourquoi ?

— Une entrevue avec un ami photographe qui réalise un documentaire sur la situation politique haïtienne.

— Ah bon. »

Il hoche gravement la tête, laisse apparaître un fond de déception. Pense-t-il à ses honoraires ? Il se ressaisit, penche vers elle un buste athlétique.

« Vous m'avez dit avoir fait six mois de thérapie. Le compte est-il exact ?

— J'ai même fait un peu plus.

— C'est bien. J'entrevois un moyen de vous sortir du pétrin. Je suppose qu'on a rédigé un rapport sur votre comportement à Nuit et Jour.

— Oui. J'ai bien peur qu'il soit très négatif.

— Aurait-on quelque chose de grave à vous reprocher ?

— Non, mais je me suis enfuie.

— Mais seulement après y avoir passé plus de six mois. On ne peut vous reprocher de ne pas avoir essayé. Et vos délits, bien que nombreux, sont après tout mineurs. Des vols à l'étalage…

— Et un "défaut mandat", à cause de ma fuite.

— Eu égard à ce qu'on vous a fait subir, il me sera facile d'expliquer que vous n'aviez pas d'autre choix que la fuite. Je ne vous aurais jamais recommandé ce centre si j'avais su. Pourquoi ne m'avez-vous pas appelé de là-bas ?

— On m'en a empêchée jusqu'à la toute fin. À ce moment-là, la directrice y est allée de son petit chantage et j'ai préféré tenter le coup de l'évasion.

— Misère ! Lundi prochain, présentez-vous au poste de police et livrez-vous. Vous passerez en cour le même jour et serez libérée en fin d'après-midi, au plus tard. Attendez… »

Il appelle sa secrétaire, lui demande de consulter son agenda.

« C'est bien ce que je pensais. Je suis libre lundi après-midi. Bien sûr, on vous imposera une période de probation. On vous contrôlera étroitement. Mais vous serez libre. »

Il consulte sa montre.

« Quant au supplément à mes honoraires, je m'attends à ce qu'il soit réglé avant votre comparution. »

Me Barbille est payé par l'aide juridique, mais il a toujours exigé un supplément. Remis sous la table, bien entendu. « Vos frasques m'occasionnent de si nombreuses démarches que je dois faire des heures supplémentaires », lui a-t-il dit un jour, mi-figue, mi-raisin.

« Combien ?

— Étant donné que vous ne m'avez pas payé la dernière fois, je devrais vous demander 500 $. Mais je comprends votre situation. Je me contenterai de 300 $. Saluez Jean-Marie de ma part. Qu'il vienne chez moi, dimanche après-midi, avec l'argent. Et accompagnez-le. Nous prendrons le café ensemble. »

Jean-Marie séduit tout le monde. Du chauffeur de taxi qu'il exploite à l'avocat qui l'exploite.

« Autre chose ?

— Non. »

Mᵉ Barbille se lève et lui ouvre la porte. Il a la galanterie de ne pas soupirer.

Cinq heures de l'après-midi. Rue Saint-Jacques, Emma se fraie un chemin à travers un flot de commis, de secrétaires, de clercs et d'avoués inavouables. Mᵉ Barbille l'a rassurée quant à son passage en cour, mais où trouvera-t-elle les sous pour le payer ? Elle passe devant la basilique Notre-Dame. Demander à Carlitos ? Il est pauvre comme Job, malgré ses contrats. Et puis, on a sa fierté ! Déjà qu'il la loge. La place d'Armes grouille de monde. Le soleil fait briller la statue du sieur de Maisonneuve. Emma quitte la place, monte vers Sainte-Catherine. La Place-des-Arts est toute blanche. Elle aime arpenter Montréal. L'Hôtel-Dieu n'est pas très loin ; elle se paie un détour via le boulevard Saint-Laurent. Quêter ? La somme est trop importante. Voler ? C'est risqué. Ne pas payer l'avocat ? Il ne viendra pas. Le dénoncer pour abus ? Qui la défendrait alors ? Ces gens-là se tiennent. Nuire à un seul c'est se retrouver seule. Et puis, elle doit le reconnaître, Mᵉ Barbille est un bon avocat qui ne lésine pas sur son temps. Tiens ! On a fermé un tronçon du boulevard Saint-Laurent.

Chouette ! Une vente de trottoir. Elle oublie pour un instant son problème d'argent et se faufile entre les étalages. Ça sent les épices et, l'imagination aidant, la sueur de chameau. Elle est dans un souk marocain, un bazar de Riyad… Cosmopolitisme qu'elle adore. Autour d'elle, on parle arabe, polonais, italien, grec, chinois… Par dizaines et dizaines, des tables pleines de babioles souvent inutiles. Inutiles comme elle. Libres donc. Un vendeur de boissons exotiques la regarde. Il la reconnaît, lui demande des nouvelles de Jean-Marie. « En convalescence », lui répond-elle avant de lui faire part de sa soif. Et voilà qu'il lui tend un gobelet de carton rempli à ras bord sans demander le moindre sou. Le miracle s'est à nouveau produit. Les petites gens aiment donner. Ces petites gens qu'elle et Jean-Marie apprécient de plus en plus. On est bien avec les petites gens. Ils ne vous jugent pas, ne cherchent pas à vous arracher même ce que vous n'avez pas. Mᵉ Barbille, lui, exige du bel argent. Où le trouver, cet argent ? Ah ! pouvoir payer en récitant un poème, comme elle l'a souvent fait avec les petites gens de la rue. Jean-Marie, lui, les charmait par son bagout. Écouter Jean-Marie étaler sa philosophie, c'est comme entendre un poème. La rue ! Emma appartient à la rue. Elle est la rue. Elle sirote son verre et prend une décision : demain, elle ira voler. Place Versailles, tiens, où on ne la connaît pratiquement pas. Ce sera son dernier vol. Pour acheter sa liberté, leur liberté. Et vive la bohème ! Il en faut si peu pour vivre. Elle se sent heureuse et légère. Un vent d'optimisme la caresse. Elle se convainc de la guérison prochaine de Jean-Marie. Ils vivront quelque temps chez Carlitos, Jean-Marie enseignera, il écrira, elle écrira…

Elle est sur Saint-Urbain, à la hauteur de la rue Sherbrooke, lorsque le vent tourne de bord dans sa tête. Glaciale angoisse. Elle a mal à en hurler. Elle s'arrête, s'appuie à un édifice. Ce qu'elle a mal ! Elle n'échappera pas aux griffes de la diabolique Diane. Sa rancune envers Emma, elle va la nourrir, la Diane ; sa haine, l'assouvir. Elle connaît un tas de procureurs et une pléiade d'autres gens importants. Serge, Marc, Sophie, et tous les autres, ce sont vos cris et vos plaintes que charrie le vent. Compagnons d'infortune, tous dans la même galère, mais non amis. Chacun replié sur soi, chacun se protégeant comme il le peut des crocs de la Diane. En usant des autres comme bouclier, si nécessaire. Aujourd'hui, Emma est libre. Mais pour combien de temps encore ? « La liberté est tout intérieure », lui a déjà dit un psychologue. Vas-y voir ! Ne pouvoir aller ni là ni ailleurs ; ne pouvoir ni lire, ni écrire, ni chanter ce que l'on veut ; ne pouvoir vivre avec celui qu'on aime, est-ce cela, la liberté ? Vas-y en prison, bonhomme, ou paie-toi un séjour chez la Diane. Après, on causera de liberté. Mais peut-être que ce psychologue et Emma ne parlaient pas de la même chose.

La crise est passée. Elle serre les poings, reprend sa route. L'hôpital est tout près, où Jean-Marie l'attend. Elle y court, y arrive, avale les marches deux par deux. Demain, elle ira voler, plus de 300 $. Pour payer l'avocat et s'offrir un bon départ dans leur nouvelle vie.

Elle entre dans sa chambre. À la vue de son homme, son regard s'illumine, elle est à nouveau heureuse.

22

Emma s'est procuré l'argent en piquant livres et cassettes à la Place Versailles comme dans le bon vieux temps. Une opération réussie puisqu'on ne l'a pas arrêtée, mais ô combien éprouvante ! Elle était nerveuse, rouillée par de longs mois d'inactivité. Elle avait honte aussi, contrairement aux autres fois où elle avait volé pour se procurer de la drogue. Elle s'est rappelé, avec un douloureux sentiment de fraternité, cette phrase de Jean Genet écrite dans son *Journal du voleur* : « Le rouge de ma honte s'est coloré du pourpre de mon orgueil. » Aussi, alors que rapidité, audace et sûreté des gestes sont la clef du vol à l'étalage, elle avançait dans les allées en hésitant, regardant à droite, à gauche, et même en arrière. Et ses mains qui tremblaient ! Une chance inouïe qu'elle s'en soit tirée. Que serait devenu Jean-Marie si elle était retournée derrière les barreaux ? Il se serait sûrement laissé crever. Toujours est-il que l'aventure l'a complètement chamboulée.

Dimanche matin, la veille de son passage en cour, elle téléphone à Me Barbille.

« Jean-Marie ne peut venir vous voir cet après-midi. Il vous demande de l'excuser.

– Rien de grave, j'espère ?

– Non, un simple contretemps. Mais j'ai l'argent. Je vous l'apporterai dans la soirée. Vous serez là ?

– Passez à l'heure que vous voudrez, mais avant onze heures de préférence. Je suis un couche-tôt. »

Emma se pointe chez l'avocat vers six heures et lui remet l'argent sur le seuil. Elle va le quitter, lorsqu'il lui demande abruptement :

« Jean-Marie est-il malade ? »

Elle décide de lui dire la vérité :

« Oui, mais il ne veut pas que j'en parle.

– C'est bien dans sa manière. Est-ce grave ?

– Assez. Il est à l'hôpital. »

Il jette un coup d'œil à l'argent, hésite un instant, comme s'il voulait le lui remettre. Bien que, du fruit de son vol, il lui reste encore plus de 400 $, Emma espère. Hélas ! Mᵉ Barbille finit par empocher son dû.

« Transmettez mes vœux de prompt rétablissement à Jean-Marie. »

Lundi. La cour est ouverte. Le spectacle va commencer, dans lequel Emma tiendra le premier rôle mais aura bien peu de répliques. Héroïne de la pièce, elle en sera aussi la spectatrice. Elle a droit à une loge latérale avec vue sur la scène et les spectateurs. Tout à l'heure, deux agents de police l'y ont escortée. Le public est nombreux, mais il y a des places libres. Le matin, c'est plein à craquer. C'est qu'on y joue du vaudeville : tickets de stationnement, chats volés, voisins bruyants… L'après-midi, c'est plus sérieux, plus dramatique. Les acteurs entrent en scène menottés. Plusieurs spectateurs la dévisagent. Elle se dit qu'elle a des fans.

Les gars, plus nombreux, attendent encore dans leur cage. Habituellement on les fait passer avant. Aujourd'hui, tant pis pour eux, ce sont les dames que le juge reçoit en premier.

La fille à côté d'elle se pavane. C'est la grande Jeanne. Emma la connaît, elles avaient le même pusher. Le trottoir, c'est son bureau. Dans la salle, plusieurs échangent des regards. Des clients ? Ils se chuchotent des secrets à l'oreille, sourient. Certains vont jusqu'à la pointer du doigt.

À l'appel de son nom, la grande Jeanne se lève. On l'accuse et elle plaide gaiement coupable. Emma pense à Jean-Marie et n'entend pas la sentence. « Seigneur, faites que tout se passe bien. Faites qu'on ne m'éloigne pas encore de lui. »

Elle parcourt la salle des yeux. Mme la directrice du Centre Nuit et Jour n'est pas là. Ouf ! Mais elle aura certainement faxé son rapport. Négatif, bien sûr. Me Barbille, lui, est bien présent. Il occupe un siège près de la barre des témoins. Sa solide silhouette la rassure. C'est Jean-Marie qui l'a choisi ; c'est donc comme si Jean-Marie la défendait.

La grande Jeanne a repris le chemin des cellules. Arrive le tour d'Emma. Elle décline nom et adresse – celle de Carlitos. On lit l'accusation, le procureur de la couronne en explique les motifs. Ceci fait, il fouille dans ses papiers, sort quelques feuilles et s'éclaircit la voix. Il lit le rapport de la Diane qui n'y est pas allée de plume morte. Emma se raidit, mais une moue et un clin d'œil de Me Barbille lui recommandent le calme. Elle écoute donc la lecture de la diatribe avec une indifférence affectée, alors qu'intérieurement elle se dit que madame la directrice est une vraie garce.

Plutôt corpulent, le procureur porte bajoues et double menton. Il parle mollement, mais dures sont les accusations qu'il porte. Par son attitude et ses propos, l'accusée, Mlle Emma Deschênes, aurait amené Mlle Sophie Riendeau à se suicider. N'a-t-elle pas été complice de la fuite d'icelle et de celle de M. Marc Boileau ? Ce pauvre M. Marc Boileau, maintenant dans un état si pitoyable…

Emma écoute distraitement. Elle pense à Sophie la rousse, à Marc l'obèse, et son cœur se serre. Elle revoit la scène où Sophie lui envoie un baiser de la main avant de disparaître dans la nuit. Bon ! Le procureur vient de s'asseoir. On a donc fini de l'éreinter. Se lève Me Barbille.

Lui aussi s'éclaircit la gorge, et comme il a le port haut, Emma peut voir sa pomme d'Adam se trémousser. Plusieurs avocats s'imaginent en brillants plaideurs sous les feux de la rampe, à croire qu'ils lorgnent Hollywood. Me Barbille connaît son affaire, c'est évident. Les yeux plantés dans ceux du juge, il lui parle comme à un bon ami, mais avec la déférence due aux sages.

« Ma cliente a subi durant plus de six mois l'oppression d'un centre de thérapie aux méthodes plus que douteuses… D'ailleurs, pourquoi n'est-elle pas ici, l'auteure du rapport calomnieux que vient de lire mon distingué confrère ? Quand quelqu'un meurt d'un mauvais traitement dans un hôpital, jette-t-on le blâme sur un autre malade ? Où donc se cache-t-elle, cette directrice que j'aimerais bien interroger, cette responsable d'un centre actuellement sous le coup d'une enquête ? La plus haute autorité d'un centre qui empêche ses résidants de contacter leurs proches, qui leur interdit de téléphoner à leur avocat. Apprenez, votre Honneur, qu'une ancienne employée de ce Centre, une thérapeute diplômée a récemment porté plainte contre lui et sa directrice et qu'une enquête est en cours. Cette plainte, dont je dépose ici copie, est solidement argumentée, votre Honneur le constatera à sa lecture. Durant plus de six mois, on a harcelé ma cliente moralement et physiquement. On l'a privée de ses droits les plus élémentaires. Plus de six mois qui valent des années de prison. Je demande à la cour d'en tenir compte... »

Me Barbille est brillant. Il aligne les arguments, demande une probation accompagnée d'une cure à la méthadone. « ... Et qu'on la laisse enfin libre de communiquer avec son conjoint gravement malade. Agir autrement serait inhumain. »

Emma obtient la probation et on la placera sur une liste d'attente pour un traitement à la méthadone. « Toutefois, ajoute le juge, il n'est pas question de permettre à mademoiselle de contacter l'homme qui l'a pervertie, cet ancien professeur d'université plus âgé qu'elle qui, abusant de sa situation, l'a envoûtée. »

Emma est révoltée. Me Barbille s'approche d'elle. « Ce n'est pas grave, lui chuchote-t-il à l'oreille. Cette condition, je la ferai tomber devant un autre juge. D'ici là, faites-vous discrète. » Emma se calme. Elle est libre, n'est-ce pas ? Elle ira le visiter, son Jean-Marie, interdiction ou pas. C'est donc le cœur léger qu'elle revient aux cellules. Une heure et demie plus tard, elle signe enfin les papiers qui la libèrent.

« Je vous rappelle que vous devez prendre rendez-vous sans tarder avec votre agent de probation. »

Mᵉ Barbille l'a patiemment attendue sur le parvis de Bonsecours. Il ajoute :

« Dans trois semaines, vous pourrez voir votre Jean-Marie en toute liberté. J'aurai fait tomber cette condition absurde. J'aime bien Jean-Marie. De quoi souffre-t-il ?

— Je ne sais pas au juste. Il ne veut pas m'en parler. Une endocardite peut-être. »

Mᵉ Barbille soupire, baisse la tête. Il connaît la gravité du mal. Sa compassion n'étonne pas Emma. En dépit de son sale caractère, tout le monde, hommes ou femmes, aime Jean-Marie et admire sa formidable puissance intellectuelle, ce dont Emma tire grande vanité. N'est-elle pas sa compagne, celle qu'il a choisie entre toutes, sa Ma ? Mᵉ Barbille lui saisit le bras.

« Saluez-le de ma part. Il faut que je me sauve. »

Et voilà qu'il dévale l'escalier qu'Emma déboule à son tour avec allégresse. Elle est libre et possède un peu d'argent. Passe un taxi qu'elle arrête. Aujourd'hui, pas question de marcher : elle est une reine.

« À l'Hôtel-Dieu. »

Le chauffeur lui sourit dans le rétroviseur. C'est un Haïtien qui l'a reconnue.

« Le prof n'est pas avec toi, Ma ? Vous êtes toujours ensemble d'habitude. »

Elle lui parle du Centre Nuit et Jour et lui révèle l'état de santé de Jean-Marie. Emma empile fébrilement phrase sur phrase, se déchargeant d'un trop lourd fardeau, heureuse d'avoir un auditeur aussi attentif que discret. Elle en aurait encore long à dire, mais la voilà arrivée.

« *Kimbé for Ma.*

— *Pas lagué Frè'm.*
— *Di Jean-Marie kimbé to*.*
— OK. »

Il refuse d'être payé. Emma descend du taxi, entre dans l'hôpital, avale les marches à toute allure. Elle est heureuse. Elle ne veut plus penser au Centre. Qu'on le ferme ! Que la Diane aille se faire foutre ! Que Jos retourne à la rue ! Quant à Serge… Ce pauvre Serge, vraiment pas comme les autres. Emma le distingue du troupeau. Serge, plus victime que bourreau. Serge, avili, écrasé sous les sarcasmes de sa patronne.

Elle retrouve Jean-Marie en position assise, appuyé sur ses oreillers, bien éveillé malgré les sédatifs. Il discute avec un infirmier, c'est-à-dire qu'il parle et que l'autre écoute. Mais sa superbe ne trompe plus : son corps est maintenant si frêle qu'il gonfle à peine les draps. Et ses yeux ! On dirait qu'ils rapetissent. C'est à cause du regard qui peu à peu s'étiole, comme la flamme d'une bougie. Emma ne veut pas croire qu'il va bientôt mourir. Elle se cache la terrible réalité. Elle se ment.

« Bonjour ! »

L'infirmier la salue et sort. Elle s'approche de son amour, l'embrasse. D'humeur joyeuse, elle veut le faire rire.

« J'en ai long à te raconter et j'ai quelque chose à te montrer. »

Prince esquisse un sourire quand Emma lui passe les billets sous le nez. C'est le moment de tout lui dire.

---

* « Tiens bon, Ma.
   — Lâche pas, frère.
   — Dis à Jean-Marie de tenir aussi.

Elle avoue lui avoir menti. Elle lui raconte sa fuite, ses vols Place Versailles, son passage en cour. Elle mime le juge, le procureur, Mᵉ Barbille qu'elle encense. Jean-Marie est flatté. N'est-ce pas lui qui l'a choisi ?

« Tu vois, j'ai l'œil. »

Elle revient sur son séjour au Centre. Elle lui parle de Sophie la rousse qui s'est enfuie, qu'on a rattrapée et qui n'est plus. Elle est toute triste, à présent.

« Elle est morte, Jean-Marie, elle est morte. Ce ne peut être pour rien. »

Elle sanglote. Chose rare chez lui, il l'a écoutée sans l'interrompre. Il l'étreint.

« Toujours aussi grand cœur, Emma. Ma Emma, humaine pour deux, pour dix. Elle sait que je méprise les putes, les pimps et tout ce qui est de basse engeance, mais n'arrête pas de m'en parler avec sympathie. C'est pour ça que je l'aime. »

Elle appuie la tête sur son front.

« J'aimerais avoir l'opinion du médecin. Me permets-tu de lui parler ? »

Il se raidit.

« Non, Ma ! Fais-moi confiance. Je ne suis pas tuable. Accorde-moi trois semaines et je serai guéri. On m'a déjà condamné à plusieurs reprises et j'ai toujours rebondi. »

Ceci dit, il l'écarte et se met à rire. Un horrible ricanement plein d'orgueil qui enfle, remplit la chambre, envahit le corridor et glace Emma jusqu'à la moelle.

23

Ses yeux s'ouvrent sur les poussières de lumière distillées par les persiennes. C'est l'aube. Elle s'éveille sur un nuage : un épais matelas posé à même le sol. Les lattes safran du plancher de bois franc dardent des traits. Elle referme les yeux.

Elle est en Turquie. Il y a un jardin intérieur, des colonnades, des plantes autour d'un étang. Sur l'eau dorment des fleurs de lotus. Elle se redresse et prend la position du lotus. Elle se frotte les yeux.

La pièce est petite mais haute de plafond. Aux murs pendent des masques africains. Ils lui font des grimaces. Sur une table basse repose un vase chinois ; sur une autre se dressent deux éléphants qui supportent des livres. Une tête de nègre lui sourit ; des coutelas de cuivre lui font une sorte de diadème. Il y a même un morceau de trottoir. Elle se roule hors du matelas, rampe jusqu'au fragment de béton. Dessus, au stylo-feutre, on a écrit : « Relique du mur de Berlin ». Une énorme amphore arrondit un angle de la pièce. Emma est chez Carlitos. Ce citoyen du monde a recréé le vaste monde dans son studio minuscule de la rue Saint-Dominique. Elle est plus qu'en Turquie, elle est partout. Pour quelque temps, Jean-Marie et elle jouiront du don d'ubiquité.

« Je serai absent plusieurs mois, lui a dit Carlitos hier soir au téléphone. Déplace tout ce que tu veux, mais demande à Jean-Marie de ne pas trop gesticuler lorsqu'il t'aura rejointe. Qu'il ne s'attaque surtout pas à mon amphore grecque, authentique mais malheureusement d'un âge moins vénérable que celui avancé par le vendeur. Au fait, comment va-t-il, notre ami ?

— Couci-couça.

— As-tu parlé à son médecin ?

— Il me l'a défendu.

— Fais-le quand même. Je vais rappeler dans une semaine : je veux connaître son état de santé. Promis ? »

Il a raccroché sur sa promesse. Elle est demeurée debout de longues minutes, une main sur le récepteur, pétrifiée. Depuis quelques jours, elle se refusait à toute pensée objective sur l'état de Jean-Marie. Carlitos vient de la rappeler à son devoir d'y voir clair. L'angoisse pointe à nouveau son nez.

Pour la contrer, Emma décide d'agir. Faire n'importe quoi, mais agir. Elle regarde le lit défait, la vaisselle d'hier et d'avant-hier empilée dans l'évier et sur le comptoir. Elle se lève et trace le nom de Diane dans la poussière accumulée sur une commode. Sacrilège ! Elle rit : l'angoisse bat en retraite. Elle pense à la discipline stricte du Centre Nuit et Jour, à ses moindres recoins récurés à la brosse à dents par des « punis ». Comme tout ça lui semble loin. Elle se ravise, s'accorde un moment de farniente. Elle fume une cigarette en contemplant le désordre, puis, nonchalamment, se prépare une omelette. Peu à peu, elle se libère de l'influence de la Diane, de sa philosophie de vie étriquée. Bon ! Elle a assez flâné. Son assiette d'une main, elle récupère crayon et bloc-notes de l'autre. Pourquoi ne pas travailler un peu en mangeant ?

En tête de liste, elle inscrit le nom de son agente de probation à qui elle doit se rapporter sans tarder. Elle ajoute le coup de téléphone à donner au Cran* pour sa cure à la méthadone. L'attente peut durer plusieurs mois, voire une année : aussi bien qu'elle se rappelle à leurs bons souvenirs au plus tôt. Ah oui ! Demander qu'on ajoute le nom de Jean-Marie à la liste. Mais en ont-ils vraiment besoin de cette méthadone ? N'est-elle pas maintenant sevrée d'héroïne ? Emma n'en éprouve, pour l'instant du moins, nulle envie. Quant à Jean-Marie, on le maintient sur le Demerol. Lorsqu'elle lui a montré l'argent qui lui restait après avoir payé l'avocat, il ne lui a pas parlé de smack. C'est donc que lui aussi n'en ressent pas le besoin. Faut-il qu'il soit malade ! L'angoisse encore. Va-t'en ! Elle inscrit le mot « travail » sur sa liste. Il est vital qu'elle se trouve un emploi. N'importe lequel. Il leur faudra vivre. Et vivre, quoi qu'on en dise, exige du fric. Voler ? Quêter ? Plus jamais ! L'important chèque de la compagnie d'assurances que doit recevoir Jean-Marie ? Elle n'y a jamais vraiment cru.

Emma relit sa liste : téléphone et visite à l'agente de probation, téléphone au Cran, recherche d'un emploi. Elle y ajoute les démarches pour remplacer la carte d'assurance-maladie qu'elle vient de perdre. Elle en a déjà perdu combien au juste ? Elle essaie d'en faire le compte, mais n'y parvient pas.

---

* Centre de recherche et d'aide aux narcomanes.

D'organiser ainsi sa journée sur papier lui a fait du bien. Pour l'heure, elle se sent si énergique qu'elle s'attaque à la vaisselle qu'elle lave en chantant. Ensuite, elle déplace des meubles, époussette partout, dépose un châle sur un drôle de guéridon avec danseuse du ventre en guise de pied. La voilà revenue en Turquie. Dans un tiroir de la commode, elle trouve une grosse bougie torsadée. Elle la dépose sur le guéridon pour faire contrepoids au pied.

La jeune fille dresse une seconde liste, d'emplettes, celle-là. Elle a de l'argent, n'est-ce pas ? Elle veut personnaliser leur gîte temporaire : bougies, posters, bibelots... Ces petites choses, ils les apporteront dans un nid bien à eux lorsque Jean-Marie sera guéri. Elle reprend sa première liste, y ajoute : consulter le médecin de Jean-Marie. Elle rêve à leur futur home. Un deux et demi suffira ; ce sera beaucoup plus petit, bien sûr, que l'appartement qu'ils ont déjà partagé trop peu de temps, au début de leur déchéance. Mais ça ne sera plus pareil, ils remonteront la pente.

Elle se douche, puis enfile une chemise indienne à motifs d'animaux sur le pantalon noir à pattes d'éléphant que Sophie lui a donné avant son évasion. Elle l'avait déposé sur son lit avec un petit mot signé « d'une amie ». Elle se regarde dans une glace : une vraie hippie. Ce n'est pas pour lui déplaire.

Emma remonte le boulevard Saint-Laurent. Si elle n'a pas inscrit sa visite à Jean-Marie sur sa liste d'activités, c'est qu'elle va de soi. Elle consulte sa montre : encore un peu de temps avant que l'hôpital n'accepte les visiteurs. Elle passe devant une petite librairie où, par miracle, elle n'a jamais opéré. Elle y entre, parcourt les rayons, choisit une biographie de Simone de Beauvoir et… la paie ! Avec de l'argent sale, bien entendu, mais c'est quand même un début d'honnêteté.

« C'est pour un cadeau ? lui demande la libraire.

– Oui. »

Elle lui fait un si joli paquet que le soleil se voile de jalousie à sa sortie. Pourquoi n'y a-t-elle pas pensé plus tôt ? Jean-Marie sera ravi du cadeau, lui, l'amant des livres. Ce qu'il doit s'embêter en l'absence de toute lecture.

Emma flâne un peu, entre dans quelques cabines téléphoniques et essaie en vain de rejoindre son agente de probation. « Appelle avant midi », a-t-elle exigé. Bon ! Elle l'appellera de l'hôpital.

« Bonjour, chéri ! Qu'est-ce que tu écris ? »

Elle l'a surpris en flagrant délit d'écriture. Elle s'attend à ce qu'il se rengorge et que, de sa belle voix grave, il lui déclame une prose à saveur philosophique.

« Je t'écris une lettre. Elle n'est pas terminée. »

Sa voix est rauque, cassée. Il y a de la résignation dans le ton. Celui qui vient de s'exprimer n'est plus le rhéteur d'il y a peu, le prof à qui on a tant pardonné parce qu'il envoûtait ses étudiants et ses collègues. Elle le revoit dans leur quatre et demi. Assis par terre – ils possédaient si peu de meubles –, une douzaine d'étudiants l'entourent. Debout, il les domine de sa taille et de sa verve. Parfois il leur parle de Socrate et de Platon, le plus souvent de Feuerbach, Engels, Marx… Il maîtrisait l'art d'émailler son discours d'anecdotes sur les nouveaux philosophes qu'il aurait fréquentés et son ton était si juste qu'on y croyait vraiment. De source sûre, elle sait qu'il a été l'élève de Louis Althusser.

« Tu me lis ta lettre ?

– Non. C'est toi qui la liras quand je l'aurai terminée. Une lettre doit être lue par son destinataire, non par son auteur. »

Des propos insolites dans sa bouche. Elle ne le reconnaît plus. Leurs regards se croisent : ce qui était devenu petit est maintenant minuscule. Elle lui tend son cadeau.

« Acheté. Pas volé. »

Le regard de Jean-Marie s'allume un peu, il esquisse un sourire. Ses doigts tremblent tellement qu'Emma doit l'aider à déballer le paquet. Il approche le livre de ses yeux, puis l'éloigne. Éprouverait-il des problèmes de vision ? Enfin, il lit le titre à haute voix.

« Merci, Ma. Sartre et de Beauvoir. Un couple à la fois déchiré et uni. Ça nous ressemble. Peut-être écrira-t-on aussi un jour sur notre couple. »

Il tousse et son buste se casse vers l'avant, comme si on l'avait violemment frappé au sternum. De ses cheveux, de la sueur dégouline sur sa peau jaune et sèche. Le livre tombe par terre.

Elle le redresse, vérifie les conduits qui amènent les antibiotiques à ses veines. Elle a peur. Elle prend sa tête entre ses mains, applique son front sur le sien. Elle lui fredonne une chanson de Piaf. Il s'endort. Elle le borde avec soin et ramasse le livre. Et quand elle sort, courbée et traînant les pieds, on dirait une petite vieille qui s'en va à l'église prier pour un fils perdu.

Emma téléphone du corridor, d'une cabine près de sa chambre. L'agente répond sèchement.

« Présentez-vous à mon bureau. À quatorze heures trente. Soyez à l'heure. »

Au Cran, on est plus aimable. Elle apprend que le docteur Lauzon s'occupera d'elle. Elle le connaît de réputation : les drogués le vénèrent car il leur a consacré sa vie. À la secrétaire, elle demande qu'on inscrive Jean-Marie sur la liste d'attente. « Bien sûr », lui répond l'autre sur un ton chaleureux. Pas de « Mais ça ne se fait pas comme ça ». Emma en est un peu ragaillardie. Il y a belle lurette qu'on ne l'a traitée avec autant d'égards.

En retournant à la chambre, elle croise le médecin de Jean-Marie. Environ trente-cinq ans, des yeux vifs et intelligents. Assez bel homme. C'est lui qui l'aborde.

« Vous êtes bien la conjointe de M. Fareau ? »

Elle acquiesce, il poursuit :

« Bien qu'il m'ait défendu de vous parler de son mal, le devoir m'oblige à vous aviser que son état m'inquiète beaucoup. Je dois aussi vous prévenir qu'il gaspillera ses dernières chances s'il s'entête à vouloir cesser ses traitements. Il désire quitter l'hôpital alors qu'il ne peut même pas se tenir debout. Il veut retourner enseigner tout de suite. Ça n'a aucun sens. Vous lui parlerez ? »

Il pose sa main sur son épaule. Elle recule et lui tourne le dos. Il a fait son devoir, mais c'est d'espoir qu'elle avait besoin.

Elle entre dans la chambre alors que l'infirmière prend sa tension artérielle. On dirait qu'elle s'entraîne sur un mannequin, tant le patient est inerte.

24

« Je vous répète que je ne peux pas ! Il se meurt !

— Et moi, je vous rappelle que vous ne deviez pas entrer en contact avec lui et vous préviens que si vous ne vous présentez pas dans l'heure à mon bureau, je ferai un rapport. Vous serez en situation de "défaut mandat" et on vous arrêtera dès qu'on vous trouvera. »

Ses larmes coulent, se mêlent à la sueur qui dégouline de ses cheveux. Le téléphone colle à ses mains poisseuses. Elle voudrait crier. Elle se dit : « Je m'y suis mal prise. Trop agressive, je n'ai pas su la convaincre de la gravité de l'état de Jean-Marie. » Elle supplie :

« Madame, s'il vous plaît, comprenez-moi bien : il est à l'agonie, ce n'est pas une blague. Je vais aller chercher son médecin, il vous dira… »

L'autre a raccroché. Emma rappelle aussitôt : on lui répond que son agente de probation vient de quitter le bureau. Elle appelle Me Barbille : il est en cour. Un nuage noir lui voile la vue. Elle plaque ses mains et son dos sur le mur froid, se laisse glisser par terre. Assise, dos au mur, elle attend que passe le malaise.

Elle gravit lentement les deux étages qui la séparent de Prince. Elle se cramponne à la rampe par peur de défaillir à nouveau. « Pourquoi n'est-il plus dans sa chambre ? » demande-t-elle à l'infirmière de garde. « Son état s'est soudainement aggravé, il est aux soins intensifs. » On l'a transféré tandis qu'elle parlait à l'agente de probation.

Une porte vitrée donne accès au département des soins intensifs. Derrière la vitre, une infirmière lui fait signe d'entrer. Un large corridor longe une rangée de cabines. De l'une d'elle sort le médecin de Jean-Marie qui la reconnaît.

« On s'occupe de lui. Vous ne pouvez pas le voir maintenant. Il y a une salle d'attente à l'étage. Détendez-vous, on vous appellera.

– Va-t-il mourir ? »

Il pose ses mains sur ses épaules, la regarde droit dans les yeux.

« Comprenez-moi bien : il est au bout du rouleau. Un cœur d'octogénaire dans une carcasse usée à la corde. Nous entretenons peu d'espoir de le sauver, mais on ne sait jamais avec un tel caractère. Soyez courageuse. »

Il retire ses mains ; sa voix prend une intonation professionnelle.

« À part vous, a-t-il de la famille ?

– Ici, je ne lui connais qu'un frère qui réside à Nicolet. Les autres sont toujours en Haïti. »

Elle lui donne l'adresse et le numéro de téléphone d'André Fareau ; il la reconduit à la salle d'attente où elle s'affale dans un fauteuil. Si le médecin l'a interrogée sur la famille de Jean-Marie, c'est qu'il ne lui fait pas confiance pour les formalités. Elle ne le blâme pas. Les formalités... mon Dieu ! Commence l'attente...

Emma regarde par la fenêtre. De sa place, elle ne voit que des nuages. Ils se colorent progressivement de teintes pastel où domine le bleu. Elle est à bout, mais combat le sommeil… un certain temps. Elle ferme les yeux…

La rue étroite s'étend à l'infini par-delà le bottin téléphonique ouvert. Ses yeux suivent la ligne des trottoirs jusqu'à l'horizon où ils se rejoignent avant de basculer dans un autre univers. Le ciel est noir, aucune lumière n'apparaît aux fenêtres des hautes maisons à encorbellement jalonnée de lampadaires éteints qui bordent la rue. Pourtant, elle distingue le moindre détail très nettement. On dirait qu'une froide clarté émane des choses. Ses doigts parcourent le bottin à la recherche d'un nom. Il y a un nombre infini de pages. Elle regarde la rue tout en cherchant dans l'annuaire, car ses doigts ont des yeux. Ils déchiffrent des patronymes exotiques et bizarres… Où es-tu, Jean-Marie ? Soudain, un vent violent se lève, arrache les pages qui s'envolent comme des mouettes affolées. Les mouettes craillent, on dirait un vol d'oies, l'automne. Un cri perce les craillements. C'est Jean-Marie ! Elle a sûrement chaussé des bottes de sept lieues, car elle enjambe le bottin géant sans effort et court si vite vers l'horizon qu'elle l'atteint dans l'instant. Où es-tu, Jean-Marie ? Elle bascule par-delà l'horizon. Sa poitrine implose. Un choc dans ses talons qui se répercute jusque dans sa tête. Un grand vide…

« Mademoiselle ! »

C'est l'infirmière. Dehors, il fait tout à fait noir et on a allumé les néons. De ses cheveux blonds émane une auréole.

« Va-t-il mieux ? »

L'infirmière secoue tristement la tête et l'invite à la suivre.

Le lit et les machines à survivre occupent presque toute la pièce. Jean-Marie est branché de partout. Un masque lui emprisonne le bas du visage.

« Il ne peut pas parler, mais peut-être pourra-t-il vous entendre. Vous pouvez rester et le veiller. Parlez-lui doucement. »

L'infirmière sortie, Emma s'assoit à son chevet et dépose un baiser sur son front. Que lui dire ? Elle prend sa main et lui raconte une belle histoire : le récit de leur itinérance, de leurs aventures. Elle lui parle longtemps, guettant une lueur dans ses yeux éteints, espérant un frémissement de la main qu'elle tient. Rien. Emma le supplie de ne pas l'abandonner avec pour seul legs cette philosophie de vie qu'il lui a inculquée et qui la mènera à la folie si elle est seule à la vivre. Car d'être deux permet de croire que l'esprit n'a pas sombré malgré le maelström dans lequel il a plongé. Des heures durant, la jeune fille parle ainsi à son amant agonisant. À l'aube, sa tête retombe sur les draps, à hauteur de la poitrine de Prince.

L'infirmière l'a réveillée. Elle lui a demandé de retourner à la salle d'attente où elle patiente depuis une éternité. Tout à l'heure, le docteur est passé devant elle, d'un pas pressé. Elle l'a interrogé du regard ; il a haussé les épaules. Comme si elle était droguée, le sommeil l'emporte encore.

L'ombre l'écrase tout à fait à présent. La fillette n'a plus peur. Il est trop tard pour avoir peur... elle meurt !

« Mademoiselle Deschênes, vous devez nous suivre. Vous êtes en état d'arrestation. »

Emma sursaute. Hébétée, elle se frotte les yeux, constate qu'il fait tout à fait jour, se rend compte de la présence des deux policiers. C'est pas vrai ! À sa montre, il est près de neuf heures.

« Nous vous arrêtons pour bris de condition : vous ne deviez pas entrer en contact avec M. Jean-Marie Fareau et vous ne vous êtes pas présentée à votre agente de probation.

– Mais il se meurt ! »

Elle pleure, elle crie. L'infirmière accourt, va chercher le médecin qui explique, plaide en sa faveur. Rien à faire. Des flics, il ne peut tirer rien d'autre que des regards navrés et des paroles de regrets :

« Nous, on n'a pas le choix… Écoutez… Son avocat la fera libérer dès demain matin… Après tout, ce n'est qu'un bris de condition… Comprenez que nous ne pouvons pas contrevenir aux ordres… Seul un juge a le pouvoir de trancher… Nous sommes en semaine, elle passera en cour dès demain. »

Ils lui passent les menottes et la traînent jusqu'à leur voiture. Une fois en cellule, on lui promet de la laisser appeler l'hôpital plusieurs fois au cours de la nuit. Ainsi apprend-elle que Jean-Marie est un instant sorti du coma vers les quatre heures et qu'il a réclamé sa Ma avant de replonger dans l'inconscience. Le matin, elle appelle Me Barbille à sa résidence. Il lui promet de se présenter à la cour dès son ouverture.

La cour est ouverte. Me Barbille est là, qui cherche à la rassurer d'un clin d'œil. Au ton adopté par le procureur de la couronne, à l'attitude du juge, elle déduit que son avocat a déjà préparé le terrain. Le climat est à l'indulgence. Le procureur a sobrement étalé son délit : un double bris de condition.

« Pourquoi avez-vous passé outre à des conditions de votre libération ? lui demande le juge. Vous les aviez pourtant acceptées. »

Son ton est amical, presque paternel. Elle ose donc :

« Êtes-vous marié, votre Honneur ? »

Il la regarde, surpris. Ses lèvres esquissent un sourire. Ce juge-là n'est pas un parfait crétin.

« Je ne vois pas le rapport.

— Il y en a un, votre Honneur. Jean-Marie Fareau et moi partageons notre vie depuis plus de huit ans. Il se meurt. Comprenez, il se meurt ! »

Ces derniers mots, elle les a presque criés.

« Condition retirée ! » décide le juge. Me Barbille l'attend à la sortie. Il lui remet deux billets de cinquante dollars.

« Cela m'a pris moins de temps que je croyais. Payez-vous un taxi. Et bonne chance. »

Humain, tout de même.

Elle saute dans le premier taxi venu. Le temps du trajet, elle le passe à prier pour Jean-Marie.

Va-t-il mieux ? Emma pénètre dans l'ascenseur. Les portes s'ouvrent sur l'étage consacré aux soins intensifs. Elle sort. Son cœur bat à lui défoncer la poitrine. Il va vivre, elle le veut ! Mon Dieu ! Soudain, devant elle, la silhouette tant chérie, dans l'embrasure de la porte. Est-ce possible ? Il marche ! Seigneur, il marche ! Le cœur qui cesse de battre, le temps qui s'arrête. C'est bien lui, de dos.

Il se retourne : ce n'est pas Prince, mais son frère André qui s'approche. Dans ses yeux elle lit l'inéluctable. Il lui prend le bras.

« Il est mort, il y a dix minutes à peine, après avoir repris conscience un court moment et t'avoir réclamée. »

Emma se rue dans la chambre, elle veut arracher Prince à son lit. Le médecin et l'infirmière la retiennent.

« Laissez-moi au moins l'embrasser ! »

Elle étreint son pauvre corps martyrisé, lui demande de l'emmener là où il va. On l'arrache à la dépouille, on la traîne jusqu'à la salle d'attente, on l'assoit. L'infirmière lui tend un cachet.

« C'est un calmant. Ça vous fera du bien. »

Emma saisit le cachet, le lance à l'autre bout de la pièce. La tête entre les mains, elle s'effondre. Le personnel s'éloigne, la laissant à sa prostration.

« Cela t'est adressé. C'est de lui. »

André l'a rejointe dans la salle d'attente. Il lui tend le cahier dans lequel Jean-Marie lui écrivait la lettre qu'il n'a pu terminer. Elle le prend et bredouille un petit merci. Devinant qu'elle désire être seule, André va se retirer, puis se ravise.

« Je m'occupe des formalités. Si tu as besoin d'aide, fais-moi signe. Habites-tu toujours chez Carlitos ?

– Oui.

– Je vais t'appeler pour te renseigner quant aux funérailles. »

Il sort sur ces mots. Jamais elle ne s'est sentie aussi seule.

De retour chez Carlitos, elle a ouvert le cahier que lui a remis André. Elle reconnaît le style de Jean-Marie, alambiqué comme c'est pas possible.

Ma à moi ; Ma mon amour, mon impérissable amour ; Ma comme mienne ; Ma pour poésie par définition ; Ma comme état de bonheur par prédestination.

Ma Emma. Veux-tu encore de nous ? Et je sais que oui, qu'il ne peut en être autrement.

Sans renoncer au nomadisme (en le rentabilisant), à l'art (en le mettant impérieusement en œuvre), à la fête, au jouissif (de façon épicurienne), je te propose un bout de chemin plus avant ; du point de vue géographique aussi… Des vacances au Venezuela que je nous propose, tu vois ; un temps qu'il nous faut pour reprendre notre vie. Je vais bientôt recevoir un chèque qui nous permettra tout ceci… puis, à mon retour à l'enseignement, nous continuerons à bâtir un bonheur du tonnerre !

Je me sens déjà mieux et, sans nul doute, nous partirons au soleil dès la fin du mois.

Ma Ma, mon amou. Mwen ta soufri toutan ou pa la. Koulye-a mwen pap janmen kiten paske mwen renmen-w anpil*.

Qui diable est donc cette directrice de thérapie, qui donc est cette femme pour avoir empêché deux êtres qui s'aiment de se voir ?

Probablement à bout de force, il n'a pas achevé sa lettre. Emma dépose le cahier sur une table basse et sort. Longtemps, elle dévale les rues, en montant une pour la descendre tout de suite après, avant de faire de même avec la suivante. Un voyage au sein de l'absurde. Un voyage vers nulle part. Où es-tu, Jean-Marie ? Nulle part ? Elle ne peut y croire.

---

* Ma Ma, mon amour. J'ai souffert tout le temps que tu étais absente. À présent, tu ne vas plus me quitter, parce que je t'aime très fort.

25

Carlitos l'a appelée hier soir. Il prévoit rentrer au pays dans quelques semaines, un peu avant Noël. Il lui a demandé si octobre avait été aussi lumineux que d'habitude. Pour ne pas le décevoir, elle a répondu oui. En vérité, elle l'ignore. Elle ne se souvient que vaguement des trois derniers mois passés à arpenter les rues. Elle est devenue une itinérante à domicile fixe. Chaque soir, elle rentre au bercail. Après, elle mange un peu – son seul repas de la journée –, puis se couche et dort, souvent jusqu'à midi. Un sommeil lourd, rempli de cauchemars qu'elle fuit dès le réveil en parcourant les rues. Il lui arrive parfois de s'arrêter et de crier : « Jean-Marie ! » Des enfants hurlent derrière elle : « La folle ! La folle ! », mais elle s'en fout. « Que penses-tu des attentats terroristes sur New York ? » lui a demandé Carlitos, au cours d'une de leurs conversations hebdomadaires. S'en fout des attentats ! Chaque samedi soir, religieusement, il l'appelle. Pour lui remonter le moral, suppose-t-elle. Le téléphone sonne, elle croise les doigts, se dit : « Ce doit être Jean-Marie » et c'est la voix de Carlitos qu'elle entend et qui s'enquiert de son état. Hier, il lui a demandé si elle s'était trouvé un logement. Tu devrais savoir qu'elle s'en fout, Carlitos. Il lui reste quelques centaines de dollars de la somme que lui a fait parvenir André : sa part de l'assurance-vie de Jean-Marie, une fois acquittés les frais funéraires. Elle a donc de quoi louer un appartement. Où ? S'en fout. Le temps presse, mais s'en fout. Elle n'est pas allée aux funérailles de Jean-Marie. C'est vivant qu'elle le veut. *Laissez les morts enterrer les morts.* S'en fout des morts.

Il pleut, il lui semble, depuis toujours. Le mauvais temps chasse les gens des rues qu'elle arpente dans une solitude quasi totale. Les rares passants qu'elle croise ont le pas rapide ; pressés de rentrer, la tête basse, ils ne lui accordent même pas un regard. « Novembre est le mois des morts », lui disait sa mère pour lui faire peur. Elle était alors toute petite. Grande, elle a toujours peur. Elle se sent horriblement seule. Il y a elle et l'univers. Et l'univers l'avale.

Emma remonte la rue Saint-Denis en scrutant les craquelures du trottoir. Pour Jean-Marie, elles étaient les rides de Montréal. Bien que natif d'Haïti, il adorait Montréal. Elle aussi, mais c'était du temps de leur errance commune. Maintenant, ce n'est plus pareil.

Elle passe devant une porte aux encoignures profondes. Elle se rappelle : le manque les sciait littéralement en deux ; ils vomissaient tous les dix pas. Ils se sont blottis dans une encoignure, et il lui a récité *Elsa*, d'Aragon. Le vent soufflait, la neige les aveuglait, mais elle n'était pas seule. Elle tressaillait de joie.

Tout lui rappelle la présence de Jean-Marie dans cette rue. Il s'arrêtait à un lampadaire sur deux et s'y appuyait. « Je suis un intellectuel, Ma, pas un coureur de marathon. Laisse-moi reprendre mon souffle. » Mais c'est sa jambe qui était en cause, et il marchait de plus en plus difficilement. Elle ralentissait, heureuse de calquer son pas sur le sien. Elle n'était plus seule comme au temps où leurs destins ne s'étaient pas encore croisés.

Au cégep et à l'université, on l'a beaucoup courtisée, mais ça ne meublait pas sa solitude. Un jour, un étudiant l'a emmenée en ballade. À Sainte-Rose, il a stoppé devant un bungalow. « Aimerais-tu y habiter ? » lui a-t-il demandé avant de lui proposer le mariage. Emma a éclaté de rire. Une façon de lui signifier sa répugnance pour le bonheur bourgeois. C'était quelques semaines avant qu'elle rencontre Jean-Marie qui a illuminé sa vie. Elle n'était plus seule.

« Pourquoi es-tu parti, Jean-Marie ? Nous étions si bien ensemble. Tu partageais ma soif d'absolu, comme ces femmes du Carmel où me mènent mes pas aujourd'hui. » Elle y est presque.

« Vous désirez ? »

Un petit guichet s'est ouvert. Des yeux gris et clairs l'interrogent.

« Il y a une chapelle ici ? »

Le regard se fait un brin moqueur.

« Bien sûr. Ici, vous savez, c'est la maison de Dieu. Vous voulez entrer ?

– Oui. »

Un large corridor austère et, à gauche, une sorte de loge de concierge d'où sort la religieuse aux yeux clairs. Toute menue, elle lui fait signe de la suivre. Elle avance sans bruit et Emma essaie de l'imiter. La chapelle est au bout du corridor.

« Je suis à votre disposition. Vous me trouverez dans le petit bureau de l'entrée. »

Emma est seule dans la petite chapelle qui sent l'encaustique et l'encens. Son regard s'attarde sur chaque station du chemin de croix, puis se fixe sur le grand crucifix derrière le maître-autel. Elle prend place sur un des derniers bancs. Elle voudrait prier, ça ne vient pas. Elle reste donc là, prostrée, la tête entre les mains, à attendre quelque chose qui ne vient pas. Le silence de Dieu est effrayant. Mais peut-être lui dit-il des choses qu'elle refuse d'entendre. Elle ne sait pas. À tout hasard, elle s'agenouille et demande pardon. N'a-t-Il pas dit d'une grande pécheresse qu'il lui sera beaucoup pardonné car elle a beaucoup aimé ?

Sa prière terminée, Emma attend longtemps sans que rien ne vienne réconforter son âme malade. Alors qu'elle s'apprête à sortir, la petite sœur aux yeux clairs la retient par le bras.

« Voulez-vous parler à l'une d'entre nous ? »

Elle secoue négativement la tête. L'autre n'insiste pas.

« Tenez, c'est pour vous. »

Elle lui tend une brochure : *La passion de sainte Thérèse de Lisieux.*

« Revenez quand bon vous semblera. Vous êtes chez vous ici. »

La pluie tombe dru maintenant. Emma est trempée, mais s'en fout. Par une enfilade de petites rues, elle rebrousse chemin en direction du fleuve. Rue Parthenais, elle passe devant le CLSC des Faubourgs. Elle s'arrête, hésite. À quoi bon entrer ? Même si elle insiste, on ne lui donnera pas de méthadone avant des mois. Elle va poursuivre son chemin lorsque, sur le trottoir d'en face, quelqu'un attire son attention. Immobile sous la pluie, l'homme regarde dans sa direction. Elle plisse ses yeux de myope : « Mais c'est Serge ! » Lui aussi l'a reconnue puisqu'il s'empresse de venir la rejoindre. T-shirt jadis blanc, blouson déchiré et effiloché aux poignets, jeans aussi moulés qu'avant, mais sales. Il a beaucoup maigri et ses pupilles sont dilatées. À peine l'a-t-il saluée qu'il lui demande si elle est en manque. Emma doit faire aussi piètre figure à ses yeux que lui aux siens.

« Oui, Serge, je suis en manque, d'une certaine façon. » Elle ne précise pas qu'elle est en manque de Jean-Marie, il ne comprendrait pas.

« Écoute-moi... J'attends le pusher. Tu le connais, c'est Jos. Il est en dedans... »

Il pointe le CLSC.

« Il est sur la méthadone. Il va sortir bientôt. As-tu de l'argent ? »

Elle tire quelques billets d'une de ses poches et les lui montre. Il y en a pour plus de cinq cents dollars. Il écarquille les yeux.

« On achète pour tout ça ? »

Elle fait signe que oui. S'en fout des conséquences. Il l'entraîne sous un porche, allume deux cigarettes, lui en tend une. Elle lui demande des nouvelles du Centre, il lui apprend qu'on l'a fermé, il y a près de deux mois maintenant. La suite logique de l'enquête provoquée par les démarches de Renée, la thérapeute.

« Je suis parti un peu avant qu'on le ferme. Ce n'était plus vivable. Diane était rendue folle.

— Elle l'a toujours été. Qu'est-elle devenue ?

— Aucune nouvelle. Elle a plaqué Jos qui en fait une dépression. Il tente de se remonter avec le smack et a recommencé à en vendre. Il fréquente la petite pègre : un peu de trafic, un peu de fraude... C'est comme ça qu'il vit. Il m'arrive de travailler pour lui… de temps en temps. As-tu une piaule ? Je peux te loger, si tu veux. »

Pourquoi pas. Tant qu'à être seule, aussi bien l'être avec un autre. S'en fout, de toute façon.

« Le voilà qui sort du CLSC. Suis-moi. »

Jos a perdu de sa superbe et de son poids. Il la salue à peine. Il échange une enveloppe contre l'argent de Serge et s'éloigne sans un mot, pesamment. Il a le dos voûté et la démarche de ceux qui se sont résignés.

Serge parle, mais Emma ne l'écoute pas. Elle songe à Jean-Marie et aux étoiles jumelles. Elle appuie sa tête sur l'épaule de son nouveau compagnon et, lorsque parfois elle la redresse, c'est comme une femme en train de se noyer qui cherche à revenir à la surface, aspire un air trop pur et qui, les poumons brûlés, replonge et se noie. L'étoile en deuil rêve, dans son ciel éteint, de briller un jour pour deux.

AUTRES TITRES PARUS
DANS LA MÊME COLLECTION